일주일에 한 번 클래스메이트를 사는 이야기

~두 사람의 시간, 변명의 오천 엔~

하네다 우사 USA HANEDA
일러스트 / U 35

Contents

「……나와 센다이는 친구가 아니야.」
그래서였나.
나는 이제야 지금까지 미야기가 했던 행동을 이해했다.
평범하지 않은 명령을 하는 것도, 친구가 아니니까.
그렇다면—.
우리는 어떤 관계일까.
「친구가 아니면 뭔데?」

「벗긴 쪽, 핥아 줘.」
「다리를?」
「응.」
「……알았어.」

일주일에 한 번 클래스메이트를 사는 이야기

~두 사람의 시간, 변명의 오천 엔~

하네다 우사

USA HANEDA

일러스트 / U 35

제1화
센다이의 가치는 오천 엔 이상도, 이하도 아니다

특별히 센다이가 아니면 안 될 이유는 없었다. 이치오라도 좋았고 고토라도 좋았다. 왜냐하면 전혀 모르는 누군가라도 상관없었으니까.

그럼에도 내가 센다이를 선택한 것에는 운명적인 무언가가 있었기 때문이다. ……라고 말할 수 있다면 좋았겠지만, 실제로는 우연에 지나지 않는다. 몇 가지 우연이 겹치고, 거기에 나의 변덕이 더해져서 지금 센다이는 내 방에 있다.

일주일에 한 번, 세 시간.

내가 그녀에게 오천 엔을 지불한다.

그런 계약이다.

아니, 확실하게 정해져 있는 것은 아니다.

2시간에 오천 엔일 때도 있고 3시간 반에 오천 엔일 때도 있다. 일주일에 한 번인 경우도 있고, 일주일에 두 번인 경우도 있다. 시간과 횟수는 유동적이다. 하지만 오천 엔이라는 금액은 변하지 않는다. 어쨌든 나는 시간과 횟수에 상관없이 한 번에 오천 엔으로 센다이의 방과 후 시간을 사고 있었다.

그것이 있는 그대로의 사실이다.

"미야기, 이거 다음 권 빼줘."

내 침대에 누워 있던 센다이가 당연하다는 듯이 말하고 어깨를 두드려 온다.

침대를 등진 채 바닥에 앉아 있던 내가 돌아보자, 내 어깨를 두드리던 것은 그녀가 읽던 만화였다.

맹렬히 추운 12월의 어느 날. 바깥의 추위를 잊기 위해 팬히터로 데운 방은 그녀에게 좀 더웠는지, 교복 블레이저는 벗은 상태다. 헐렁한 넥타이에 위에서 단추 두 개가 풀린 블라우스, 교칙보다 짧은 스커트 차림으로 누워 있는 모습은 한심하기 짝이 없다. 스커트 안쪽도 보려고 하면 볼 수 있을 것 같다.

학교에서는 청초 스타일 외형을 유지하고 있는 그녀의 이런 모습을 보면 반 아이들이 환멸을 느낄지도 모른다.

"네가 직접 가져가."

냉랭한 얼굴로 그렇게 말하며, 침대를 점령한 센다이 쪽을 향해 3권이라고 적힌 만화책을 되돌려 주었다.

상위에서 하.

옅게 발린 메이크업을 빼면 중상 정도일지도 모르지만, 센다이는 적어도 그 정도의 예쁜 얼굴을 하고 있었다. 덤으로 머리도 좋아서 성적은 학년에서도 높은 편이었던 것으로 기억한다.

당연히 나름대로 인기가 많다.

……고 한다. 애매한 표현을 쓴 이유는 그녀가 인기 있는 모습을 내 눈으로 본 적이 없기 때문이다.

그녀는 소위 「인싸」라고 불리는 인간으로, 스쿨 카스트의 상위에 속한다.

뭐, 상위라고 해도 그중에서는 아래쪽이지만.

그래도 반에서 제법 눈에 띄는 편이니, 인기가 있다고 해도 이상하지 않다.

"쪼잔하긴. 그거 좀 주는 게 뭐 어렵다고."

쑤욱, 하고 센다이의 손이 뻗어와 3권을 내 허벅지 위에 떨어뜨렸다.

"……센다이, 날 뭐라고 생각하는 거야?"

"책장과 가장 가까이 있는 사람."

"직접 가져가."

나는 차갑게 일갈하고 3권을 침대 위에 내려놓았다.

여기가 학교라면 스쿨 카스트의 밑바닥이라고 할지, 아슬아슬하게 2군 낙오자에 속하는 내가 그녀에게 이런 식으로 당당하게 말할 일은 없을 것이다.

이 방이니까.

내가 오천 엔을 주고 센다이를 샀기 때문에 허락되는 일이었다.

다만 그녀가 순순히 그것을 받아들이는 이유는 잘 모르겠다. 센다이가 마음만 먹으면 같은 시간에 오천 엔은 고사하고, 만 엔이나 이만 엔 정도는 쉽게 손에 넣을 수 있을 텐데.

여고생이라는 브랜드에 그녀의 외모가 더해지면 그 정도를 내고도 사고 싶어 하는 사람은 있을 것이다.

그러니까 머리도 외모도 평범한 수준의 내가 센다이를 자유롭게 할 수 있는 권리를 손에 넣은 지금의 상황은 아마 무척 희귀한 케이스일 것이고, 이 순간 역시 무척 귀중한 시간이라는 뜻이었다.

“아아~, 내가 직접 가져와야 하나.”

센다이가 귀찮은 티를 내며 그렇게 말하더니 침대에서 내려왔다. 그리고 책장 앞에 주저앉아 「4권은 어디 있는 거야?」라고 중얼거리며 책을 찾기 시작했다.

조금 열받지만, 예쁜 얼굴을 쉽게 상상할 수 있는 뒷모습이라는 생각이 들었다.

등으로 흘러내린 긴 머리는 반묶음 형태로 양 사이드를 꼬아서 뒤로 묶고 있었다. 머리카락의 색은 검은색이라기보다 갈색에 가깝지만, 선생님은 특별히 그것을 지적하지 않았다. 당연히 교칙 위반이다. 하지만 너무 화려하지도 않고 불량하지도 않은 복장도 그렇고, 청결함이 느껴지는 헤어스타일로 이미지 전략을 세운 탓인지 교칙 위반이라며 주의받는 모습은 본 적이 없었다. 그녀는 성적이 좋은 편이었으니 선생님도 굳이 터치하지 않는 것일지도 모른다.

이것은 편애라고 해도 좋았다. 이런 세상은 불합리하다고 생각한다.

나는 센다이가 사라진 침대에 쓰러지듯 누웠다.

그녀처럼 되고 싶은 것은 아니지만, 부럽다고 느끼는 마음은 있다.

나는 오늘 실수로 숙제 범위가 잘못된 채로 제출해서 선생님에게 혼났다. 실수한 것이 센다이였다면 혼나는 일은 없었겠지.

"뭐야, 미야기. 4권 없잖아. 없으면 없다고 먼저 말을 해줬어야지."

고등학교 생활을 남들보다 편하게 보내고 있는 센다이가 불만 가득한 얼굴로 나를 쳐다보았다.

"있어."

"없어."

"거짓말하지 마. 있잖아."

"없다니까?"

힘이 실린 말투에 기억을 더듬어 보았다.

4권의 발매일은 기억하고 있다. 하지만 샀는지까지는 정확하게 기억나지 않았다.

"4권 발매일이 저번 주라서 산 줄 알았는데. 사는 걸 깜빡했을지도 몰라."

혼잣말처럼 중얼거리고는 내일 사 오자며 속으로 결정한다.

이불에 얼굴을 스윽 갖다 대자 내 것이 아닌 좋은 냄새가 났고, 그것이 묘하게 신경을 자극했다.

"발매일은 늘 체크하고 있어?"

"하고 있어."

"오타쿠 같네."

"사사건건 시끄러워."

나는 고개를 들어 센다이를 보았다.

그녀의 말투는 그렇게 딱딱하지 않았다. 농담이라고 할 수 있는 범위였지만, 묘하게 거슬렸다. 몸을 일으켜 창밖을 보니 이미 주위는 어둑해졌고, 앞에 있는 맨션 몇 채에 불이 들어와 있었다.

밤이 가까워졌다.

커튼을 닫고 불을 켰다.

침대에 걸터앉아 발을 바닥에 딱 붙였다.

오늘은 그다지 좋은 날이 아니었다.

내 기분도 하늘만큼이나 어둡다.

"센다이. 이쪽으로 와서 앉아."

책장 앞에 있는 센다이를 불렀다.

"앉으라니, 옆에?"

"바닥에."

"명령 타임?"

"그래."

안 좋은 일이 있는 날은 센다이를 방과 후에 불러 명령한다.

그녀와 이런 관계가 되고 난 후로는 그렇게 정해졌다.

다리를 꼬고 앉아 센다이를 보았다.

교복 스커트는 센다이의 것보다는 길지만 교칙보다 조금 짧다. 그녀처럼 날씬한 다리가 보이는 것은 아니지만 그것만은 어쩔 수 없다.

"자, 이제 뭘 할까?"

센다이가 내 앞에 앉아서 물어보았다.

나는 방금까지 꼬고 있던 다리를 풀고 조용히 말했다.

"벗겨 줘."

오른발을 센다이의 허벅지 위에 올려 양말을 가리킨다.

"네, 네."

"네는 한 번만."

그렇게 말하면 또 「네, 네」라는 답이 돌아온다. 대답하는 방법은 굳이 명령할 정도도 아니었기에 아무 말도 하지 않고 있자 양말이 명령에 따라 벗겨졌다. 그리고 「왼쪽도?」라고 물어본다.

"그쪽은 됐어. 벗긴 쪽, 핥아 줘."

맨발로 센다이의 배를 가볍게 쿡 찌르자, 그녀가 의아한 표정을 지어 보인다.

“다리를?”

“응.”

센다이를 오천 엔에 사게 된 것은 장마가 끝났을 무렵부터이지만, 이런 명령을 한 것은 오늘이 처음이다. 평소에는 책을 읽어달라거나, 숙제를 해달라거나, 그런 시답지 않은 명령을 했었다.

오천 엔으로 센다이가 나의 말을 듣는다.

중요한 것은 그뿐이지 내용은 중요하지 않았다. 그래서 나는 그동안 이런 「적나라한」 명령을 내린 적은 없었다. 하지만 오늘은 아무래도 시답지 않은 명령을 내릴 기분이 아니었다.

그녀가 따르고 싶지 않아 할 만한 걸 시키고 싶어졌다.

다만 시시한 명령을 따르는 데 익숙해진 그녀가, 평소와는 다른 이런 명령을 들을 거라고는 생각하지 못했다.

“……알았어.”

즉답은 아니었지만, 예상과는 달리 센다이가 명령을 받아들였다. 목소리에는 감정 한 톨도 느껴지지 않았지만, 내 발목과 뒤꿈치에 손이 닿았다.

센다이가 가만히 내 발을 바라본다.

등골이 오싹하고 저려왔다.

내가 명령했음에도, 거짓말 같은 광경에 아주 조금 몸에 힘이 들어갔다.

반에서도 눈에 띄는 그룹의 인간이자 선생님에게도 귀여움받고 있는 센다이가, 별 볼 일 없는 평범한 나의 말을 듣고, 하인처럼 다리를 핥는다.

앞으로 일어날 일들이 나의 기분을 고양시켰다.

"센다이, 빨리해."

움직이지 않는 그녀에게 말을 걸었다.

팬히터가 따뜻한 공기를 계속 뿜어냈다. 센다이는 더운지 넥타이를 조금 더 느슨하게 풀었다. 그렇게 블레이저를 조금 떨어진 곳에 벗어 던진다. 단추가 두 개 풀린 블라우스 너머로 쇄골이 엿보였다.

다리가 가볍게 들어 올려지고, 발등에 따뜻한 공기가 닿아왔다.

그리고 느껴지는 부드러운 감촉.

센다이의 혀 같은 무언가가 닿았다.

"이제 됐어?"

"아직이야."

곧바로 고개를 들려고 한 센다이에게 강하게 쏘아붙인 뒤 발등을 사용해 그녀의 턱을 쑥 올렸다.

"한 번 핥는 걸로는 불만이야?"

센다이가 내 다리를 밀치고 날카로운 시선을 보냈다.

"불만이야."
"그럼 언제까지 계속하면 되는데?"
"내 기분이 풀릴 때까지."
"변태."
"센다이의 역할은 변태의 말을 듣는 거니까."
그녀에게 선불로 건넨 오천 엔.
그것은 센다이를 구속하는 사슬이었기에, 그녀는 나를 거역할 수 없었다.
이 방에는 그런 약속이 있었고, 그녀는 내 명령을 듣겠다는 약속을 따랐다.

◇ ◇ ◇

"센다이, 하지 마."
5분 정도.
어쩌면 10분 정도였을지도 모른다.
시간을 잰 것은 아니라서 잘은 모르겠지만 그 정도의 시간이 지났을 때, 센다이가 갑자기 내 발을 깨물었다. 핥으라는 명령과는 다른 행동을 취한 그녀의 치아 감촉이, 엄지발가락에서 선명하게 느껴졌다.
"센다이!"
아까보다 더 강한 힘을 실어 말했다.

아프다.

하지 마, 라는 말에 따르지 않은 그녀는 이가 살에 파고드는 것이 아닐까 싶을 정도로 내 발가락을 강하게 깨물었다.

"명령 이외의 일은 하지 마."

시선 끝에 그녀의 정수리가 보였다.

항의하듯 센다이의 머리를 움켜쥐고 흔들자, 발가락을 파고들었던 치아가 떨어져 나갔다. 이어서 물린 자국을 확인하듯 혀가 기어갔고, 곧 발가락이 축축하게 젖어들었다. 뜨끈한 혀의 감촉이 불쾌했다. 하지만 그뿐만이 아니라는 것을 깨닫고, 나는 그 감정을 떨쳐내듯이 지금까지 센다이에게 낸 적 없는 강한 목소리로 말했다.

"하지 말라니까. 이제 그만해."

센다이가 얼굴을 들어 양말을 집어 들었다.

"발, 이리 줘. 내가 신겨줄게."

당연히 말라 있어야 할 부분이 젖어 있는 감각은 썩 좋은 기분이 아니다. 계속 핥아주길 바라는 것은 아니었기에 양말을 신는 것에 이의는 없었지만, 어느 쪽이 명령하고 있는지 알 수 없는 말에 반발심이 들었다.

"안 신겨줘도 되니까, 이쪽도 벗겨."

그렇게 말하며 왼발을 센다이의 허벅지 위에 올려놓자, 그녀는 묵묵히 명령에 따랐다.

"그래서, 미야기. 발 핥아주는 건 재미있었어?"

"뭐, 나름대로."

센다이는 잡지에 실린 모델만큼은 아니더라도 단정한 외모를 갖고 있었다. 그런 사람의 혀라고 해도 발을 핥는 감촉은 결코 재밌지 않았지만, 센다이가 내 발을 핥는다는 상황 자체는 꽤 재미있었다.

"미야기는 변태네."

"명령에 따라 다리를 핥는 쪽이 변태 아냐?"

"학교에서 미야기에게 다리를 핥으라는 명령을 받았다고 말하면 다들 미야기 쪽이 변태라고 말할 것 같은데."

"그러면 센다이가 명령대로 다리를 핥았다고 할 거야. 모두에게 어느 쪽이 변태인지 결정해 달라고 하면 되지 않을까?"

"미야기 쪽이 최악이고 변태잖아."

"센다이라고 생각하는데."

오늘 그녀에게 명령한 내용이 학교에 알려진다면 아슬아슬한 2군 낙오자라는 위치에서 단번에 가장 밑바닥으로 추락할 것이다. 지금 유지하고 있는 그럭저럭 평범했던 생활은 확실히 사라지겠지. 하지만 그것은 센다이도 마찬가지다. 별 볼 일 없는 나 같은 인간의 다리를 핥았다는 사실이 알려지면 지금과 같은 지위를 유지하는 것은 고사하고, 나보다 더 아래로 분류될지도 모른다.

그러니까, 최악의 변태라 해도 상관없다.

어차피 센다이도 여기서는 최악이자 변태인 동료다.

"그럼 나와 미야기 중 어느 쪽이 변태인지 내일 학교에서 물어볼까. ……는 농담. 이 방에서 있었던 일을 학교에서 이야기하는 건 계약 위반이잖아. 말 안 할 테니까 안심해."

처음에 정한 몇 가지 룰.

오천 엔을 지불하고 센다이를 내 마음대로 다루기 위해 정한 규칙이 몇 가지 있었는데, 그중에는 방과 후에 있었던 일을 아무에게도 말하지 않는다는 것이 있었다.

다시 말해 아까의 일은 모두가 볼 수 없는 비밀놀이로, 나는 물론이고 센다이도 누군가에게 말할 수 없는 놀이였다.

"미야기, 다른 명령은?"

"없어."

뚝 잘라 말하고 몸을 일으켰다.

차갑다.

방은 따뜻하지만, 발바닥과 닿아 있는 바닥은 따뜻하지 않았다. 하지만 아까 내 다리를 핥았던 그녀의 혀는 뜨겁고, 말캉하고—.

나는 작게 숨을 내쉬었다.

"뭐 마실래?"

테이블 위 빈 잔을 보며 묻자, 그녀는 「필요 없어」라고 짧게 대답한다.

"저녁 먹고 갈래?"

—돌아갈래.

나는 그녀가 그렇게 대답할 것을 알고 있다. 지금까지 몇 번이고 했던 똑같은 질문에는 모두 똑같은 대답이 돌아왔다. 그러니 오늘만 다른 대답이 돌아오는 일은 없을 것이다. 게다가 먹는다고 대답해도 곤란했다.

그럼에도 습관적으로 그렇게 물어본 결과, 나는 처음으로 「먹을래」라는 말을 듣게 되었다.

맨발에 슬리퍼를 신은 채 센다이를 데리고 주방으로 향했다. 불을 켜고 에어컨 스위치까지 켠 뒤 마트의 봉지에서 컵라면을 꺼내 물을 끓였다. 대면식 주방 건너편, 카운터쪽에 앉은 센다이 앞에 뚜껑을 반쯤 벗긴 컵라면 두 개와 나무젓가락을 놓자, 그녀가 의아한 표정을 지어 보였다.

"이게 뭐야?"

"컵라면. 보고도 몰라? 혹시 돈이 많은 센다이는 컵라면을 본 적이 없나?"

"컵라면을 본 적이 없을 정도로 부자였다면 지금 평범한 고등학교가 아니라 고상한 아가씨들이 다닐 법한 학교에 다니고 있지 않았을까?"

어이없다는 투로 센다이가 답했지만, 그녀의 집은 부유하다는 이야기를 들은 적이 있다.

명품을 착용하고 다니는 것은 아니라도, 질이 좋아 보이는 물건을 들고 다녔다. 아마도 저녁으로 컵라면이 나오는 일은 없겠지. 아마도 누군가가 손수 만들어 주는 저녁을 먹고 있을 것이다.

가족에게 사랑받을 것 같은 센다이.

원래라면 대화할 기회조차 없었을 센다이.

—구역질이 났다.

나는 2인분의 물이 끓고 있는 전기포트를 가만히 바라보았다.

"그리고 컵라면 정도는 먹어본 적 있어. 아, 혹시 미야기네 집은 가난해?"

"센다이에게 일주일에 한두 번 오천 엔을 줘도 곤란하지 않을 정도로는 용돈을 받고 있지만, 그게 가난한 거라고 하면 가난할지도 모르지."

놀리듯이 말한 센다이에게 무뚝뚝한 어조로 대답했다.

저녁으로 컵라면을 내놓는 집이지만, 그건 우리 집에 돈이 없어서가 아니다. 금전적으로 말하자면 부유하다고 불리는 부류에 들어간다.

"……뭐, 가난하다고는 말 못 하겠네. 그래서, 저녁밥은 이거야?"

"도시락이 더 좋다면 사다 줄게. 아니면 집에 돌아가서 먹을래? 나는 어느 쪽이든 상관없지만."

엄마가 없으니까.

그리고 내가 요리를 만들 재주가 없으니까.

저녁이 컵라면인 이유는 그 두 가지뿐이다.

그럭저럭 요리할 수 있는 아빠는 있지만, 일이 바빠서 자식이 깨어 있는 시간에 돌아오는 일은 거의 없다. 딸을 그런 환경에 놔두고 있다는 죄책감 때문인지 아빠는 고등학생에게 주는 것치고는 누가 봐도 너무 많은 용돈을 주고 있었다.

"이거 먹고 갈래."

센다이가 컵라면 뚜껑을 만지작거리며 말했고, 곧 전기포트의 물이 끓었다.

용기 안쪽 선까지 뜨거운 물을 붓고 키친 타이머를 3분으로 세팅한다.

둘이서 라면을 먹는다.

혼자 먹든 둘이 먹든, 컵라면은 컵라면이었기에 맛이 다르지는 않았다. 그래도 혼자 먹는 것보다는 더 괜찮게 느껴졌다.

"잘 먹었습니다. 늦었으니까 돌아갈게."

용기 위에 나무젓가락을 가지런히 내려두고 센다이가 몸을 일으켰다.

"응."

그녀와는 공통된 화제가 없다.

반에서는 속한 그룹이 다르고 취미도 다르다.

할 말이 없으니 먹는 것 외에 할 수 있는 게 없었고, 컵라면 같은 것은 금방 다 먹는다. 그래서 저녁을 함께 먹었다는 실감을 느끼지 못한 채 센다이는 돌아가게 되었다.

"4권, 사면 읽게 해줘."

센다이의 블레이저와 코트를 가지러 둘이 함께 방으로 돌아오자, 그녀가 책장을 보면서 그렇게 말했다.

"다음에 왔을 땐 읽을 수 있을 거야."

"그럼 다음 주인가."

—더는 안 와.

오늘 내가 시킨 일을 생각하면 그런 말을 들어도 어쩔 수 없었지만, 그녀는 이 관계를 끝낼 생각이 없어 보였다.

센다이는 이상한 사람이다.

돈이 필요해서 명령을 듣는 것 같지는 않은데, 그녀가 무슨 생각을 하고 있는지 잘 모르겠다. 나라면 남의 발을 핥는 짓 따위 절대로 하고 싶지 않고, 그런 것을 명령하는 사람의 방에 두 번 다시 오고 싶지 않을 것 같다.

"배웅해 줄게."

코트를 입고 평소처럼 둘이서 현관을 나섰다. 그리고 엘리베이터를 타고 1층까지 내려가 입구까지 걸어갔다.

"그럼 다음에 봐."

센다이가 멈추지 않고 손을 흔들었다.

"안녕."

멀어져 가는 등을 향해 말을 걸었다.

2학년으로 있을 수 있는 기간은 얼마 남지 않았다.

이번 겨울이 끝나고 봄이 오면, 3학년이 되어 반이 바뀐 뒤에도 센다이는 오천 엔으로 자신을 사는 것을 허락해 줄까.

유난히 이르게 장마가 끝난 7월부터 시작된 이 관계의 앞날에 대해 생각하며, 나는 엘리베이터에 올라탔다.

Profile

미야기 시오리

• 신장: 157cm

• 생일: 9월 25일

memo

본인에 대한 이야기는 거의 하지 않으며 소수의 친구들과 교류한다. 스쿨 카스트는 밑바닥까진 아니나 2군 아래. 부녀가정의 외동딸로, 아버지는 일이 우선이라 집에 잘 안 들어온다. 집에 사람을 부르는 일은 거의 없으며 대체로 센다이 뿐. 실은 외로움을 많이 탄다.

제2화
미야기는 오늘도 나에게 오천 엔을 건넨다

유난히 이르게 장마가 끝난 7월.

2학년이 된 여름도 작년과 마찬가지로, 서점에는 여름답게 꾸민 아이돌과 모델들이 표지를 장식한 책들이 가득했다.

나는 그중에서 반짝반짝한 글자가 눈에 띄는 잡지를 집어 들었다.

우미나가 말한 게 이거였나?

자신이 없는 것은 그녀의 이야기를 반 정도밖에 못 들었기 때문이다.

숨을 크게 내쉰 뒤 손에 든 잡지를 훑었다.

다 엇비슷해 보이는 코디는 둘째치고, 남자아이에게 인기 있는 옷이라든가 셀프 가꾸기 등 경박해 보이는 단어가 늘어서 있다.

전혀 내 취향은 아니다.

7월에 들어선지 얼마 안 되어 여름 방학은 아직도 멀었지만, 방학을 위해 새로운 옷을 갖고 싶다는 생각이 들었다. 하지만 아무 옷이나 다 상관없는 것은 아니다.

내년 여름은 2학년인 지금과는 달리 분명 수험 공부로

바빠질 것이다. 여름을 온전히 즐길 수 있는 것은 올해밖에 없을 것 같은데, 이 잡지에는 여름 방학 기분을 끌어올려 줄 만한 옷이 없어 보였다.

교복이 규정에 조금 안 맞아도 선생님에게 혼나지 않을 선에서 입고 있는 나와 달리, 선생님에게 혼이 날 정도로 화려하게 입고 다니는 우미나와는 취향에 차이가 있었다.

"인기 있다는 말을 들어봤자 말이지……."

표지에 적힌 단어 하나를 입 밖에 냈다.

인기 있는 옷보다는 자신이 입고 싶은 옷을 입고 싶고, 스스로를 가꾸는 일은 조금 더 나중에 해도 상관없다. 게다가 어차피 뭔가 읽을 거라면 가벼워 보이는 패션 잡지보다 좀 더 차분한 책이 좋았다.

하지만 이러한 종류의 잡지를 읽는 것도 친구와 어울리는 것의 일환이었고, 용돈은 매달 남을 정도로는 있다.

학교에서 잘 지내려면 나름대로 머리를 써야 한다. 지금의 반을 기준으로 보자면 이바라키 우미나의 비위를 맞춰줄 필요가 있었다. 아니, 이건 좀 말이 지나친가. 그녀의 말에 적당히 맞춰줄 필요가 있다, 정도가 적당하겠다.

우미나는 화려한 성정에 공부보다 노는 데 열정을 불태우는 친구로, 스쿨 카스트의 상위에 속한 아이였다. 성질이 급하고 화를 잘 내서 심기를 거스르면 일이 귀찮아지지만, 그녀의 기분이 상하지 않도록 요령 있게 잘 대처하면 적당한 위치에서 즐거운 학교생활을 보낼 수 있다.

나를 보고 팔방미인이라고 말하는 사람도 있지만, 그건 모르고 하는 말이다.

그런 말은 비꼬는 말이나 다름없다.

나는 모처럼 서점에 온 김에 매장 안을 빙 둘러보았다. 그리고 잡지 위에 소설책 한 권을 얹고 계산대로 향했다. 줄이라고 할 정도는 아니지만 잠시 순서를 기다렸다가 책을 카운터에 올려두었다.

계산대에 금액이 표시되고 가방 안에서 지갑을 찾았다.

"어?"

지갑, 지갑.

……있어야 할 지갑이 없다.

아침에 스마트폰을 가방에 넣은 것까지는 기억하고 있고, 들어 있었다.

그럼 내 지갑은? 여러 번 살펴봐도 가방 안에는 없다.

학교에 두고 온 것인지도 모른다.

아니, 아마 집에 두고 왔을 것이다.

가방에 넣은 기억이 없다.

힐끔 계산대 직원 언니를 바라보자 수상쩍다는 표정을 짓고 있다.

큰일이다, 얼른 계산해야 하는데.

"아, 저기."

민망했지만 책을 돌려주는 수밖에 없을 것 같다.

“이 책—.”

“계산할게요.”

“어?”

내가 「지갑을 놓고 와서 돌려놓겠습니다」라고 말하기도 전에, 뒤에서 뻗어 나온 손이 계산대 위에 오천 엔짜리 지폐 한 장을 스윽 올려두었다.

“센다이. 이거 써.”

뒤돌아보니 나와 같은 교복을 입은 여자아이가 한 명 서 있었다.

심지어 모르는 아이도 아니다. 대화를 해본 적은 없지만 매일 보는 얼굴이었다.

“……미야기, 맞지?”

아마 맞을 것이다.

머릿속에 학급 아이들 전원의 성은 들어 있다.

물론 뒤의 이름까지는 모르지만.

“그 돈으로 계산해.”

그녀는 이름이 맞다고도 틀렸다고도 말하지 않은 채 오천 엔을 계산대에 올려둔 이유만을 말했다.

“됐어. 미안하게.”

“신경 쓰지 마.”

아니, 신경 쓰인다.

그렇게 친하지도 않은 아이에게 돈을 빌리고 싶지는 않았다. 애초에 누군가에게 돈을 빌리는 것도 싫어했고, 타인과 대화의 장단을 맞추기 위해 사는 잡지를 위해 돈을 빌리기는 더더욱 싫었다.

"아냐, 돌려줄게."

현금 트레이 위에서 오천 엔을 집어 들어 미야기에게 건넸다. 그러자 오천 엔이 다시 트레이 위에 놓였다.

"저, 결제는 이걸로 하면 될까요?"

난처한 표정을 한 계산대 언니가 나를 바라보았다.

"네, 부탁드려요."

내가 아니라 미야기가 대답했다.

하지만 빌리고 싶지 않은 것은 빌리고 싶지 않았다.

나는 오천 엔을 다시 손으로 집으려 했다. 하지만 그것보다도 빠르게 직원이 오천 엔을 계산대에 넣어버렸다.

결국 내 수중에는 잡지와 소설책, 천 엔짜리 지폐 세 장과 동전 몇 장이 돌아왔다.

"미야기, 고마워. 지갑을 깜빡한 것 같은데 덕분에 살았어."

계산대에서 떨어진 곳에서 감사의 말을 전했다.

돈을 빌리고 싶지 않다는 내 뜻은 무시당했지만, 빌려버린 이상 본의가 아니더라도 고개를 숙일 정도의 성의는 있었다. 하지만 그녀는 아무 말도 하지 않았다. 다만 이름을 정정하지 않는 것을 보면 미야기라는 이름이 틀리지 않았

다는 것만은 알 수 있었다.

"여기 잔돈. 쓴 돈은 내일 학교에서 갚을게."

계산대에서 받은 돈을 미야기에게 전해주려고 했지만, 그녀는 받으려 하지 않았다.

"갚을 필요 없어. 거스름돈도 줄게."

그렇게 말하고는 나에게 등을 돌리고 걷기 시작한다.

"어, 잠깐만. 그럼 곤란해."

"정말로 필요 없으니까. 센다이에게 줄게."

"받을 수 없어. 돌려줄게."

"그럼 버려."

"버린다니, 돈인데?!"

빠른 걸음으로 걸어가는 미야기의 어깨를 잡았다.

학교에서 대화해 본 적이 없어서 몰랐는데, 아무래도 그녀는 머리의 나사가 2, 3개는 빠져 있는 것 같았다. 일반적이라면 돈을 버리겠다는 발상은 하지 않는다. 애초에 거스름돈은 필요 없다는 식의 대사를 할 법한 사람은 회사의 높으신 분이지, 여고생은 아니다.

그리고 거스름돈을 준다는 말에 「네 알겠습니다」, 하고 받을 법한 인간이라고 여겨지는 것에도 화가 났다.

"아, 그래. 그럼 거스름돈도 빌리는 걸로 할게. 그리고 내일 한꺼번에 갚을게."

사실은 화를 내고 싶었지만 참기로 했다.

미야기가 학교에서 「센다이가 화를 냈다」라는 이야기라도 떠들어대면 이미지상 좋지 않을 테니까.

"그런 건 상관없어. 안 갚아도 돼."

어깨를 잡은 내 손을 뿌리치고 미야기가 걷기 시작하더니, 자동문을 통해 밖으로 나갔다.

나는 그녀의 등을 따라가며 말을 걸었다.

"돌려줄게. 거스름돈까지 합쳐서 오천 엔, 학교에서 갚을게."

"……그럼, 오천 엔 만큼 일해."

주겠다, 갚겠다, 라며 오가던 대화가 뜬금없는 방향으로 날아가자 나는 무심코 걸음을 멈췄다.

"뭐? 일을 하라고?"

"일단 우리 집까지 와."

성큼성큼 걸어가던 미야기도 멈춰 서서 나를 본다.

"뭐? 집까지 오라니 무슨 뜻이야? 돈은 내일 갚겠다고 했잖아."

"안 올 거면 줄 테니까 받아."

미야기가 휙 몸을 돌렸다.

뭐야.

이 애, 대체 뭐야.

머리의 나사가 두세 개는 고사하고 열 개 정도 빠진 것 같다.

심하게 이상하다.

나는 마음속으로 미야기를 저주했다.

오천 엔을 받을 생각은 없지만, 일할 생각도 없다. 하지만 미야기는 일하지 않겠다고 말하면 이대로 돌아가 버릴 것이고, 앞으로도 오천 엔을 받을 일은 없을 것 같았다. 책상에 오천 엔을 던져둔다 해도 무조건 돌려줄 것 같다.

성가신 애네.

한숨을 쉬며 하늘을 올려다보니, 서점에 들어서기 전에는 없었던 먹색 구름이 아까까지 펼쳐져 있던 푸른 하늘을 온통 뒤덮고 있었다. 장마가 끝났다는 소식에 우산은 들고 있지 않았다. 다시 한번 한숨을 내쉬자 미야기가 말했다.

"우산, 우리 집에 있어."

"하아, 어쩔 수 없지. 집이 어디야? 가까워?"

오늘 하루 정도는 미야기를 위해 일해보지, 뭐.

미야기에게 오천 엔을 받았다는 소문이 나는 것도 싫었고, 그녀에게 화를 내며 돈을 내밀었다는 소문이 나는 것도 싫었다.

"그렇게 안 멀어. 따라와."

미야기가 불쑥 그렇게 말하더니 걷기 시작했다.

나는 내키지 않는 마음으로 미야기의 뒤를 따랐다.

우리는 걷고, 걷고, 걸었다.

둘이 있음에도 입을 다문채로 걸었다.

침묵은 익숙하지 않았다.
둘이 있다면 뭐라도 대화하고 싶었고, 조용하면 기분을 상하게 만든 것인가 싶어 불안해진다. 미야기가 화가 났더라도 상관은 없지만, 왜 화가 난 걸까 신경은 쓰였기에 뭐라도 말해줬으면 하는 마음이었다. 하지만 그녀는 끝까지 입을 다물고 아무런 말도 하지 않았다.
말 좀 해.
그런 텔레파시를 보냈지만 미야기는 말없이 서점에서부터 묵묵히 걸을 뿐이었다.
역시 돌아갈 걸 그랬다.
미야기의 집에 간다는 생각은 하지 말 걸 그랬다.
흐린 하늘 아래, 경솔했던 자신의 행동을 뉘우치며 묵묵히 걷다 보니 얼마 지나지 않아 비싸 보이는 맨션에 도착했다.
오천 엔을 선뜻 낼 만하네.
그런 생각이 들 정도로 훌륭한 맨션은 생각보다 우리 집에서 가까웠다. 걸어서 15분에서 20분 정도 걸릴까. 이렇게 가까운 곳에 같은 반 아이가 살고 있을 줄은 몰랐다.
곰곰이 생각해보면 당연하다. 서점에서 우연히 마주친 뒤 그대로 걸어서 집에 돌아간다는 뜻이니까 우리 집과 멀리가 없다.
"우리 집, 여기 6층이야."
엘리베이터에 올라타면서 미야기가 말했다.

"그렇구나."

여기서 우리 집이 가깝다는 말은 전하지 않았다.

굳이 말할 일도 아니었고, 미야기와 친해질 생각도 없었으니 말해봤자 별 의미가 없었다.

엘리베이터 표시에 눈을 돌리자 4, 5로 숫자가 바뀌다가 6에서 멈췄다. 나는 미야기의 뒤를 따라 걸었다. 그녀는 복도 끝에 있는 현관문을 열고 안으로 들어가더니 자신의 방으로 나를 안내했다.

"적당히 앉아 있어. 마실 것 좀 가져올게."

방에 들어가자마자 곧바로 나가려고 하는 미야기에게 신경 쓸 필요 없다고 말했지만, 그대로 나가 버렸다.

그녀의 방은 내 방과 비슷하거나 조금 더 넓어 보였다. 고등학생의 방치고는 큰 편에 속했다. 깔끔하게 정돈되어 있는 방에는 커다란 침대와 작은 테이블, TV, 벽에는 무식할 정도로 책이 가득 찬 책장, 그리고 독서용 책상과 의자가 놓여 있었다.

어떤 책이 있을까 하고 책장에 다가가자 문이 열리며 미야기가 들어왔다. 그리고 투명한 액체가 담긴 잔을 작은 테이블 위에 올려놓았다.

"만화책 읽는구나?"

책등 표지에 시선을 돌리며 내가 묻자, 미야기는 「읽어」라고 무뚝뚝하게 대답하더니 갑자기 「그렇지」하며 큰소리를 냈다.

"만화책을 읽어달라고 할까? 센다이, 이리 와서 앉아."

그렇게 말하며 미야기가 이쪽으로 다가왔다. 그래도 내가 여전히 책장 앞에 서 있자 「저쪽으로 가 있어」라며 어깨를 두드린다.

일을 시킨다던 이야기는 어디로 간 것일까, 그렇게 생각하면서도 테이블 앞에 앉아 투명한 액체를 마시자 입안에 시원한 탄산이 퍼졌다. 달콤한 액체의 정체가 사이다라는 것을 알고 나는 잔을 내려두었다.

탄산은 별로 좋아하지 않는다.

이럴 때 만약 평소 아는 멤버였다면 사이다를 내놓는 일은 없겠지. 그런 생각을 하고 있는데 내 맞은편으로 온 미야기가 자리에 앉았다.

"이거 읽어줘."

나르시스트 느낌의 남자아이와 심약해 보이는 여자아이가 표지에 그려진 만화책을 건네받았다. 몇 페이지를 가볍게 읽어보니 내용은 연애물인 것 같았다.

이런 걸 읽는 것만으로 오천 엔?

미야기의 생각을 이해할 수 없었다.

하지만 읽으라는 말을 들었으니 일단 순순히 페이지를 넘기고 있는데, 미야기가 재미없다는 투로 말했다.

"그게 아니라. 소리 내서 읽으라고."

"대사를?"

"독백 부분도 전부."

"여기 적힌 말을 전부 소리 내서 읽으라는 뜻이야?"

"맞아. 그게 오천 엔짜리 일, 아니 명령이야."

"일하는 게 아니라 명령이 된 거야?"

"응."

어느 틈에 일이 명령으로 바뀌었는지는 모르겠지만, 이유를 물어봤자 아마 소용없겠지. 미야기는 깊이 생각하지 않는다. 분명 그 자리에서 떠오르는 대로 결정하고 있는 것이 분명했다.

"일도 명령도 상관은 없는데, 만화책을 읽는 간단한 일이 오천 엔?"

나는 빨리 집에 가기 위해 대화를 진행시켰다.

"응. 하지만 마지막 페이지까지 다 읽어야 해."

"오케이~."

만화책을 소리 내어 읽기만 하면 된다니, 쉬운 일이다.

나는 선뜻 대답하고는 사랑한다느니 너뿐이라느니 하는 낯간지러운 대사를 읽어나갔다. 소설책을 한 권 다 읽으라고 했다면 힘들었겠지만, 글자가 적은 만화였기에 진도가 빠르게 나갔다. 하지만 이내 가볍게 받아들인 것을 후회하고 말았다.

"……이 책, 야한 거 아냐?"

소리 내어 읽는 걸 잠시 중단하고 뒤쪽까지 스토리를 확인해보자, 아무리 장을 넘겨도 등장인물은 거의 알몸이었다.

책의 반 정도가 베드신이잖아.

대사도 신음소리나 그 비슷한 종류뿐이고.

내용도 꽤 격렬하다. 이런 걸 읽으라고 시키다니 미야기의 머릿속은 대체 어떻게 되어 있는 것일까.

야한 걸 싫어하는 것은 아니지만 소리 내어 읽고 싶지는 않았다. 그보다 소리 내 읽고 싶어 하는 사람은 거의 없지 않을까. 미야기 같은 수수한 아이도 이런 만화책을 읽는구나 싶어 신선한 놀라움은 있었지만, 그보다는 만화책을 읽는 것을 받아들인 것에 대한 후회가 더 컸다.

"야하네."

미야기가 담백하게 말했다.

"이 뒤에도 소리 내서 읽어?"

"전부 소리 내서 읽어."

"혹시 야한 말을 듣는 게 취미야?"

"취미는 아니지만, 달리 명령할 만한 게 안 떠오르니까."

"굳이 명령할 필요 없잖아? 나한테 거스름돈을 받고 내일 값을 돈까지 받으면 다 해결되는 건데."

대체 왜 돈을 받고 싶지 않아 하는지는 모르겠지만, 미야기는 너무 귀찮았다. 고집이 세서 다루기 힘들다.

"오천 엔은 아무래도 상관없고, 돌려받고 싶은 것도 아니니까. 빨리 읽어줘."

돈에 대해서는 정말 아무래도 상관없다는 태도로 미야기가 나를 재촉했다.

이런 시시한 일에 어울려줄 의무는 없었지만, 그녀에게서 이유 없이 오천 엔을 받고 싶지는 않았고, 금액만큼은 일하겠다고 약속했으니 어떻게든 완수는 해야 했다.

그렇다, 나도 나름대로 귀찮은 인간이었다.

"……알았어."

좀 더, 라든가 갈 것 같아, 라든가.

앙, 이라든가 등등.

끝없이 이어지는, 소리 내어 읽고 싶지 않은 대사에 눈앞이 아찔했다.

나는 도대체 뭘 하고 있는 걸까.

반만 같을 뿐 지금까지 대화조차 해본 적 없는 미야기 앞에서 대체 뭘 읽고 있는 것일까.

분명 미야기는 바보다.

틀림없어. 바보 변태다.

분명 성적은—.

성적은 얼마나 될까.

나는 그녀에 대해 잘 모른다.

"센다이, 목소리가 작아."

의식이 책에서 벗어나자 그런 주의를 들었다.

“큰 소리로 읽을 만한 내용은 아니잖아.”

“오늘은 아무도 없으니까 목소리가 커도 괜찮아.”

그쪽이 괜찮아도 이쪽은 괜찮지 않다.

오늘은 최악이다.

운이 없는 날이다.

지갑은 집에 두고 오질 않나, 에로 만화책을 읽고 있질 않나.

속으로 그렇게 투덜거리면서도 나는 또박또박 신음소리까지 소리 내서 끝까지 다 읽었고, 마시고 싶지도 않은 탄산으로 목을 축였다.

“의외로 서투르다고 할까, 완전 국어책 읽는 느낌이네. 잘 놀아서 이런 것도 잘할 줄 알았는데.”

남에게 야한 만화 한 권을 통째로 읽게 한 미야기가 아무렇지도 않게 잔인한 소리를 한다.

“일단 청초한 캐릭터 쪽이고 놀지도 않으니까, 그 인식부터 고쳐줘.”

미야기의 무례한 말투를 정정했다.

“그런 건 남자들한테 잘 보이려고 하는 거 아냐?”

“아니야.”

학교에서 청초하게 구는 이유는 남자들에게 잘 보이기 위함이 아니다. 선생님에게 잘 보이기 위함이었다.

“청초하게 보이지만 실은 잘 논다고 하던데.”

"나는 그런 이미지였구나."

미야기가 속한 그룹이 나를 노는 부류로 보고 있을 줄은 몰랐다.

그보다 그런 소문이 나고 있었던 건가.

기쁘지 않은 정보를 알아버린 기분이다.

"그래서, 명령은 이걸로 끝?"

일단 불명예스러운 소문은 잊어버리고 미야기에게 물었다.

"끝."

"이제 어떻게 하면 돼?"

"돌아가도 되고 안 돌아가도 되고. 센다이가 하고 싶은 대로 해."

"그럼 돌아갈게. 그리고 이 만화 다음 권 빌려도 될까? 꽤 재미있었거든."

책등 표지에 1이라고 적혀 있었으니 2권도 있겠지. 소리 내어 읽는 것은 취미가 아니지만 만화의 뒤 내용은 궁금했다. 하지만 미야기는 사교성이라고는 눈곱만큼도 없는 목소리로 기대와는 다른 대답을 내놓았다.

"안 돼."

"우와, 쪼잔해. 만화 빌려주는 정도는 괜찮잖아."

"……오천 엔."

"뭐? 만화 한 권 빌리는데 오천 엔이나 받으려고? 직접 사는 편이 더 싸겠다."

"아니. 내가 센다이에게 줄게."

"뭐어?"

예상치 못한 말에 나도 모르게 얼빠진 목소리가 나왔다.

"내가 센다이의 방과 후를 한 번에 오천 엔을 주고 산다고 말한 거야. 그러니까 다음 권은 여기 왔을 때 읽으면 돼."

"아니, 안 팔 거야. 그건 그렇고, 날 사서 뭘 할 생각인데? 섹스? 그걸로 오천 엔은 너무 싸지 않아? 그리고 나 동성한테는 관심 없는데."

반 친구를 오천 엔에 사다니, 말이나 되는 일일까.

이번에는 에로 만화책을 소리 내어 읽으라는 알 수 없는 명령으로 끝났지만, 진심으로 앞으로도 내 방과 후를 오천 엔에 살 생각이라면 다음에도 이럴 거라고는 단언할 수 없었다. 내 몸이 목적이라고 말해도 이상하지는 않은 것이다.

"센다이야말로 뭘 하려고? 난 센다이랑 그런 거 할 생각 없는데."

"그럼 뭐야. 오천 엔으로 나한테 뭘 시키려는 건데?"

"일주일에 한 번이나 두 번 정도. 방과 후에 우리 집에 와서 내 명령을 들어. 오늘처럼."

조금도 웃음기 없는 얼굴로 미야기가 나를 보았다.

"또 야한 만화책을 읽게 하려고?"

"오늘이랑 같은 명령일 수도 있고, 숙제를 해달라는 명령일 수도 있고. 뭐 대충 그런 느낌일까."

"그게 뭐야. 아, 심부름꾼 같은 건가?"

오천 엔에 몸을 팔라고 해도 곤란하지만, 오천 엔에 숙제를 해주는 것도 뭔가 좀 아닌 것 같았다.

"심부름꾼이 아니야. 명령할 테니까 그걸 들으라고 했잖아."

"문제는 명령의 내용이란 거지. 때리는 것도 곤란하고 섹스도 거절이야."

미야기의 머릿속을 진심으로 알 수 없었기에 무슨 말을 할지 도무지 예측할 수가 없었다. 그래서 일단 몸은 팔지 않겠다고 선언해두었다.

"폭력은 나도 싫고, 아까도 말했듯이 센다이와 섹스할 마음도 없어."

"내가 거절하면 다른 사람을 살 생각이야?"

"안 사. 오천 엔을 낼 테니 명령을 하게 해달라고 하면 누가 봐도 이상한 사람으로 보일 거 아냐."

아니. 지금 상황도 충분히 이상한데.

이미 내 머리에는「미야기는 위험한 녀석」으로 입력되어 있을 정도였다.

하지만 흥미가 가지 않는 것은 아니었다. 학교에서 그룹 내 아이들의 대화에 어울리기 위해 읽고 싶지도 않은 잡지를 사거나 비위를 맞춰주는 것. 그런 일을 하는 것보다는 재미있는 일이 일어날 것 같았다.

"나라면 괜찮은 거야?"

"괜찮은 건 아니었지만, 흐름상 그렇게 된 거지."

"……뭐, 좋아. 시간도 때울 겸 한 번에 오천 엔으로 명령을 들어줄게. 쉬는 날은 무리지만 방과 후라면."

그쪽이 흘러가길 택한다면, 이쪽도 흘러갈 뿐이다.

에로 만화책을 읽는 것만은 피하고 싶었지만, 명령 놀이의 상한은 그 부근인 것 같으니 조금 정도는 어울려도 나쁘지 않겠지.

미야기라는 인간에게도 관심이 갔다.

이 이상한 아이가 나에게 무엇을 명령할지 궁금했다. 게다가 진심으로 하기 싫은 일이 있으면 오천 엔을 돌려주면 그만이다.

—안 받을 것 같지만.

"그럼 그렇게 알고 있을게. 그리고 학교에서는 말 안 걸 거니까 연락은 스마트폰으로 해도 괜찮아?"

미야기가 평이한 어조로 말했다.

"그거면 충분해."

나는 또 후회할지도 모르겠다고 생각하면서도, 경솔하게 미야기의 제안을 받아들였다. 그리고 연락처를 교환한 뒤 그녀의 방을 나섰다.

의리 있게 나를 맨션 입구까지 바래다주는 미야기에게 「다음에 보자」라고 말하고 집으로 향했다.

비는 오지 않는다.

흐렸던 하늘을 올려다보니 어느새 구름이 걷혀 있었다.

◇ ◇ ◇

작게 숨을 내쉰 나는 7월의 기억을 더듬는 행위를 그만두었다.

그 여름, 서점에서 지갑을 잃어버린 것을 알게 된 나는 짧은 겨울 방학이 끝나고 개학식이 있었던 오늘도 미야기의 방에 있었다.

그 이유는 호출을 받았기 때문.

요컨대 그날 한 계약은 아직도 계속되고 있었다.

침대 위에 벌러덩 드러누운 채 만화책을 펼쳤다.

늘 하던 명령 놀이는 아직 시작되지 않았다.

방에 들어가서 오천 엔을 받고.

그 후 한동안은 자유 시간인 듯, 미야기가 명령해 오는 일은 없다. 처음에는 이 아무것도 없는 공백의 시간이 불편했지만, 서점에서 만난 후 일주일에 한두 번씩 계속 불려오는 바람에 지금은 학교보다 더 편안한 시간이 되었다.

책장에 늘어선 책들도 거의 다 읽어가던 나는 마음에 드는 만화책을 손에 들고 침대 위에 누울 정도로 이 공간에 익숙해져 있었다.

"센다이, 겨울 방학 땐 뭐했어?"

침대를 등진 채 바닥에 앉아 있는 미야기가 감정이 실리지 않은 목소리로 말했다.

"공부했어."

거짓말은 아니다.

수험에 대비해 입시학원 동계 강습에 참여했다. 공부하는 틈틈이 우미나 일행을 만나 참배를 하러 가기도 하고 쇼핑을 함께 하느라 겨울 방학은 제법 바빴다.

"미야기는 공부했어?"

그녀의 성적은 나쁘지는 않지만 그다지 좋지도 않은 모양인지, 나는 종종 잘 못하는 교과목의 숙제를 강요받았다.

"안 했어."

"숙제는 다 했어?"

"했지만, 센다이에게 부탁하고 싶었어."

"방학 중 호출은 계약 외니까."

우리가 만나는 건 방과 후뿐이고, 학교 수업이 없는 날은 만나지 않는다. —그런 약속이었다.

"알고 있어."

아쉽다는 듯이 한숨을 내쉰 미야기가 만화책을 읽기 시작하면서 대화는 중단되었다.

그녀와는 공통된 화제가 없다.

학교 이야기나 드라마 이야기, 잡지에 관한 화제를 던져

본 적은 있지만, 미야기는 흥미가 없는지 귀찮다는 얼굴로 성의 없는 맞장구만 쳐서 대화가 진행되지 않았다. 그래서 나는 그녀와 대화를 즐긴다는 행위를 포기했다. 미야기와 대화할 만한 소재를 찾는다는 것은 바다에 빠뜨린 반지를 찾는 수준으로 어렵다.

그녀와의 대화는 한번 끊어지면 억지로 이어붙이고 연결하려 해봤자 소용없었다. 나는 지난 몇 달 동안 끊어진 대화는 끊어진 채로 두면 된다는 것을 배웠다.

조용해진 방 안에서 몸을 일으킨 나는 블레이저를 벗어 침대 밑으로 떨어뜨렸다. 미야기는 추위를 많이 타는지 이 방은 항상 덥다. 나는 넥타이를 풀고 여기 오기 전에 이미 하나 풀어둔 블라우스 단추를 하나 더 풀었다.

또다시 침대에 벌렁 드러누워 만화책을 집어 들려고 하는데, 미야기가 입을 열었다.

"이리 와."

"명령?"

"응. 여기 앉아."

미야기가 몸을 일으켜 자신이 앉아 있던 장소를 가리켰다.

앞으로 무슨 일이 벌어질까.

말하지 않아도 알 수 있다. 하지만 나는 침대에서 내려와 바닥에 앉아 굳이 물어보았다.

"뭘 하면 돼?"

"벗겨 줘."

침대에 걸터앉은 미야기가 조용히 말했다.

그녀의 말은 예상대로였고, 내 허벅지 위에 발이 놓였다.

작년 12월, 지금까지의 상한을 넘은 명령에 의해 처음으로 미야기의 발을 핥았다. 그리고 오늘, 나는 다시 그녀의 발을 핥게 될 것 같았다.

눈앞에는 까맣지도 않지만 그렇게 하얗지도 않은 건강해 보이는 다리가 있었다. 나는 양말을 벗기고, 평소에는 가려져 있는 발바닥을 만졌다. 촉촉하지만 촉감은 나쁘지 않다. 발바닥 중심부를 부드럽게 쓰다듬은 뒤 엄지발가락 뿌리까지 손끝을 쭉 움직이자 움찔, 다리가 흔들렸다.

"핥아 줘."

발바닥을 쓰다듬은 것이 마음에 들지 않았는지 미야기가 낮은 목소리로 말했다.

"알았어."

짧게 대답하고 그녀의 발뒤꿈치에 손을 갖다 댔다.

작게 숨을 내쉬고, 들이마신다.

손가락 끝에 가볍게 힘을 주고 발뒤꿈치의 감촉을 확인했다.

얼굴을 가까이 대고, 약간 차가운 발등에 혀를 찰싹 붙이고는 천천히 움직였다.

미야기가 무슨 생각을 하고 있는지는 모르겠지만, 발을

핥게 하다니 꽤나 마니악한 장르를 파고드는구나 싶었다. 에로 만화 읽기로 시작해서 다리 핥기에 이르기까지, 학교에서 봐온 미야기의 모습으로는 상상도 할 수 없었다.

수수하고 눈에 띄지 않아서 성밖에 기억하지 못했다. 서점에서 지갑을 안 들고 온 일이 없었다면 평생 대화할 일이 없었을지도 모른다.

나는 지금, 그런 여자아이의 다리를 핥고 있었다.

부드럽고, 매끄럽고.

하지만 맛있지는 않다.

자신이 핥고 있는 것은 알사탕이 아니라 사람의 발이니 당연하다. 그렇다고 마음에 들지 않는 것은 아니다.

발가락 뿌리 끝에 혀끝을 밀어 넣고, 발목 쪽으로 핥아 올렸다.

천천히, 시간을 들여서.

건조했던 발이 조금씩 젖어들었다.

발목 조금 아래에서 혀를 떼고 고개를 들어 미야기를 바라보았다.

볼이 좀 붉다.

얼마 전에도 그랬다.

기분 좋아 보인다고 말해도 될 것 같은 얼굴.

그런 얼굴을 하고 있다.

“이쪽 보지 말고, 계속해.”

언짢은 듯한 목소리가 떨어졌다.
미야기는 자신의 표정을 알아차리지 못했다.
“센다이, 핥아.”
나는 대답하지 않고 미야기의 발끝에 이를 세웠다.
강하게, 잇자국이 날 정도로 강하게 물었다.
저항하듯 미야기의 발이 움직이더니 내 머리를 붙잡아 왔다.
“아파. 저번에도 말했지만 명령 이외의 일은 하지 마.”
얌전히 발가락을 풀어주자 후우, 하고 작게 숨을 내쉬는 소리가 들렸다.
처음 다리를 핥으라는 말을 들었던 날 발가락을 깨물었던 것은, 그녀에게 반항하고 싶었기 때문이다.
명령을 따르는 것 자체에 저항은 없었다. 그래도 다리를 핥으라는 말을 들으니 자신을 내려다보는 것 같아 기분이 나빴다. 그래서 물었다.
하지만 지금은 아니다.
미야기의 반응을 보고 싶어서 물었다.
나는 방금 깨물었던 발끝에 혀를 갖다 대고, 발가락을 핥으며 천천히 적셔나갔다.
발등에 살짝 입술을 붙이고 키스하듯 몇 번이고 붙였다가 떼자, 머리를 잡아당기는 힘에 강제로 고개가 들렸다.
“센다이, 그만해. 그런 건 불쾌해.”

그녀의 눈빛은 날카롭지만, 잡아당겨진 머리는 아프다고 할 정도는 아니었다.

"그래? 꽤 기분 좋지 않았어?"

"안 좋아. 불쾌했어."

잡혀 있던 머리카락이 풀려났다.

미야기는 인상을 찡그리고 있었지만, 볼은 여전히 희미하게 물들어 있다.

그녀의 얼굴은 싫지 않았다.

특별히 귀여운 것은 아니지만 귀여운 쪽으로 분류할 수 있을 것 같았다. 화장을 하면 더 귀여울 것 같은데, 관심이 없는 것인지 하지 않는다. 아깝다고 생각하지만 굳이 그런 말을 전할 생각은 없다.

나는 미야기의 발에 입을 맞췄다.

호흡이 흐트러지지 않은 것을 보면 그녀의 볼이 붉었던 것은 방이 더워서였을 수도 있다. 그래도 미야기가 평소와는 다른 얼굴을 보여주니까, 이제 다리를 핥는 정도는 대수롭지 않게 느껴지기 시작했다.

"제대로 핥아."

어깨를 가볍게 발로 찬다.

"폭력은 계약 위반."

"이런 건 폭력도 아니잖아."

또 한 번 가볍게 차여 아프지도 않은 어깨를 누르자, 미야기가 「핥아」라며 다시 한번 말했다. 나는 말없이 혀끝을 발등에 가져갔다.

거역하려면 언제든지 거역할 수 있다.

그녀는 자신이 명령을 내리고 있는 것이라고 생각할지도 모르지만, 내가 명령에 따라주고 있을 뿐이다.

나는 언제든지 계약을 파기하고 이곳을 떠날 수 있었다. 하지만 이 방은 무척 편안했기에 이곳에 머물러주는 것뿐이다.

나는 조금 차가운 발등에 혀를 움직였다.

축축하게 젖은 발등을 입술로 만졌다.

미야기의 다리가 작게 흔들렸다.

아마 3학년이 되어도, 반이 바뀐다 해도 미야기는 나를 불러내 오천 엔을 건네줄 것이다. 그리고 나는 그것을 받을 것이다.

오천 엔이 갖고 싶은 것은 아니다.

나에게 명령하고, 명령을 내리고 있다고 믿고 있는 미야기를 조금 더 보고 싶을 뿐이다. 그래서 고등학생 때까지만이라도 미야기의 시시한 놀이에 어울려 줄 생각이다.

어차피 대학교는 다른 곳으로 가게 될 거고, 지금뿐일 테니까.

기간 한정이라고 생각하면 지금의 관계는 나쁘지 않았다.

나는 입술을 떼고 작게 숨을 내쉬었다.

그리고 미야기의 발에 이를 세웠다.

제3화
센다이가 달콤하다는 건 거짓말이다

학교는 좋아하지도 싫어하지도 않는다.

어느 쪽이든 가야 하는 것이니, 큰 의미가 없다. 오늘도 마음은 내키지 않지만 학교에 와 있다. 쓸데없는 일에 기분이 저조한 채로.

앞머리가 짧다.

화장실 거울 앞에서 나는 한숨을 내쉬었다.

어깨보다 긴 머리는 굳이 커트하러 갈 정도는 아니었지만, 앞머리가 거슬렸다. 그래서 스스로 자르기로 마음먹고 가위질을 했더니 생각했던 것보다 아주 조금 짧아졌다. 너무 많이 자른 머리는 잡아당겨봤자 원래대로 돌아가지 않는다. 후회도 잠시, 앞머리는 결국 포기할 수밖에 없었다.

하지만 짧아진 앞머리를 볼 때마다 기분이 울적했다. 이럴 때 할 일은 하나다. 나는 교실로 돌아갔다.

『오늘 우리 집으로 와.』

스마트폰으로 메시지를 보냈다.

내용은 언제나 똑같다.

보내는 시간은 2교시 수업이 끝난 후일 때도 있고 점심시간일 때도 있다. 방과 후에 보낼 때도 있다. 다만 어떤 시간에 보낸다 해도 이 메시지는 센다이 외엔 보내지 않는다.

그것은 작년 7월부터 반년이 조금 지난 지금까지도 변하지 않았다.

답장은 금방 오는 경우도 있고 시간차를 두고 오는 경우도 있지만 거절당한 적은 없다. 하지만 다른 약속이 있어서 늦어진다는 말을 듣는 경우는 있다. 오늘은 바로 그 약속이 있는 날이었는지, 센다이에게서 온 답장에는『선약이 있어서 조금 늦을 것 같은데 괜찮아?』라고 적혀 있었다.

『집에서 기다릴게.』

이럴 땐 늘 쓰던 답장을 보낸 뒤 수업을 들었다.

예정이라면 분명 이바라키와의 약속을 말하는 것이겠지.

나는 창가 자리에서 힐끗 복도 쪽에 앉아 있는 이바라키를 바라보았다.

그녀는 화려하고 활기찬 분위기로 반의 중심에 있는 사람이었다. 언제나 누구누구가 멋있다느니 귀엽다느니, 그런 말만 한다. 내게는 관심도 없는 이야기만 들려오니 그저 다른 세계의 사람으로만 느껴졌다. 게다가 알 수 없는 이유로 종종 화를 내는 경우가 많아서 우리 사이에서는 가까이 가지 않는 편이 좋은 쪽으로 분류된 인간이었다.

센다이는 저런 사람과 함께 있으면 피곤하지 않을까.

선생님의 목소리를 들으며 맨 앞자리로 시선을 돌렸다.

눈에 들어온 반쯤 올려 묶은 머리는 예쁘게 땋아져 있었다.

그녀는 내 방에서는 칠칠치 못한 모습을 보이지만, 학교에서는 다르다. 배려할 줄 알고 친절하며 공부도 잘한다. 늘 생글생글 웃는 얼굴로 싫다는 내색 한번 보인 적이 없다. 그 때문인지 반에서도 눈에 띄는 그룹에 속해 있는데도 센다이를 싫어한다고 말하는 사람은 없었다.

하지만 뒤에서는 다들 팔방미인이라고 말한다.

진지하게 수업에 임하는 것처럼 보이는 본인이 그것을 알고 있는지는 모르겠지만.

나는 너무 짧아진 앞머리를 잡아당겼다.

수업은 분명 50분일 텐데 너무 길게 느껴졌다. 선생님의 목소리가 불경처럼 들려 잠이 쏟아졌다.

나는 뿌옇게 안개 낀 머리로 두 개의 수업을 다 듣고 집으로 돌아갔다.

다녀왔습니다, 라고 말하며 현관문을 열어도 들려오는 대답은 없다. 집에는 아무도 없으니 당연하다.

방에 들어가 교복을 입은 채 침대에 누웠다. 집에 급하게 돌아온 것은 아니지만 인터폰은 좀처럼 울리지 않았다.

꾸벅꾸벅.

엄습하는 수마에 몸을 맡기고 있는데, 메시지의 착신을 알리는 스마트폰 소리가 나를 잠에서 깨웠다. 눈을 비비며 화면을 보니 짧은 글귀가 표시되어 있다.

『지금부터 갈게.』

그렇게 30분.

나는 기다렸고, 그녀가 집에 왔다.

"미안해. 늦었지?"

오천 엔을 받아든 센다이가 코트와 교복 블레이저를 벗고 테이블 앞에 앉았다.

"괜찮아. 센다이가 집에 돌아가는 시간이 늦어지는 것뿐이니까."

그녀가 어떻게 대답할지는 알고 있다.

나는 사이다를 그녀 앞에 놓고 침대를 등받이로 삼아 맞은편에 앉았다.

"문제없어."

우리 집은 방임주의니까.

그동안 몇 번인가 들었던 그 말 그대로, 오늘도 센다이는 돌아가는 시간을 개의치 않았다. 늦어져도 잔소리를 듣지 않는다는 것은 그만큼 가족에게 신뢰를 받고 있기 때문인지도 모른다.

"있지, 미야기. 오늘 무슨 날인지 알아?"

갑자기 센다이가 가방을 열며 그런 말을 꺼냈다.

"……멸치(니보시)의 날."

이, 일, 사를 니, 보, 시에 대응시킨 모양이다.

2와 4는 그나마 알겠지만 1을「보」라고 읽는 것에는 무리가 있지 않을까. 하지만 말장난이란 결국 그런 것이다. 조금 무리가 있더라도 2월 14일은 멸치의 날이라고 정해버리면 대다수는 그런가 보다 하고 납득하고, 전국멸치협회가 제정한 기념일이니 받아들일 수밖에 없었다.

하지만 센다이는 납득하지 않는 모양이다.

미간에 주름을 잡고 못마땅한 얼굴로 입을 연다.

"그런 인기 없는 남자 같은 대답은 필요 없으니까 진지하게 대답해."

"밸런타인데이잖아."

세상은 들떠 있지만 별다를 것도 없는 날이다.

어제와 별반 다르지 않다.

"정답. 애들이랑 우정 초콜릿을 교환하기로 했는데, 그것 때문에 좀 늦은 거야. 그래서 미야기 것도 가져왔어."

"뭐?"

"어제 우미나랑 다른 애들한테 주려고 만들면서 겸사겸사 만들었어."

센다이가 가벼운 어조로 말하며 세심하게 포장된 상자를 테이블 위에 놓았다.

꽃무늬로 된 포장지를 둘러싼 분홍색 리본.

내용물은 수제 초콜릿.

하나 같이 여자다움이 넘쳐나서 등이 간질거렸다.

"필요 없어?"

상자를 물끄러미 쳐다만 보며 꺼내려 하지 않는 나를 보고, 센다이가 의아한 표정을 지었다.

"난 보답으로 줄 초콜릿이 없는데."

"친구한테 안 줬어?"

"그런 거 안 해."

좋아하는 사람에게 주고 싶다고 말하며 밸런타인데이를 앞두고 초콜릿을 만든 친구는 있었다. 생일이 되면 선물을 주거나 하기도 한다. 하지만 크리스마스니 핼러윈이니 하면서, 그런 이벤트가 있을 때마다 꺅꺅거리며 시끄럽게 선물을 주고받을 만한 친구는 없다.

친구와 초콜릿을 주고받는 풍습은 나와는 완전 동떨어진 문화였다.

"그렇구나. 뭐, 초콜릿을 교환하고 싶은 건 아니었으니까 딱히 없어도 상관없어. 받아 줘. 미야기가 필요 없다면 가져가겠지만."

센다이가 생긋 웃으며 「어쩔래?」라고 물어온다.

"……먹을래."

"맛있게 먹어."

나는 테이블에 놓인 앙증맞기 그지없는 상자를 손에 들고 리본을 풀었다. 포장지가 찢어지지 않게 조심하며 뜯어낸 뒤 상자를 열었다.

흰색, 갈색과 분홍색.

시중에서 볼 수 있는 것보다 더 작은 여섯 개의 트러플이 얌전히 놓여 있었다.

"센다이가 만든 거야?"

"직접 만든 거라고 했잖아. 딱 먹기 좋은 크기로 만들어졌지?"

드물게 자랑스러운 투로 센다이가 말했다.

그녀의 말대로 트러플은 한입에 쏙 들어갈 법한 사이즈로 만들어져 있었다. 겉모습만 보면 가게에서 사온 초콜릿 같았기에 요리를 잘 못하는 내가 보기엔 수제라는 말이 거짓말처럼 느껴졌다.

신은 불공평하다는 생각이 들었다.

센다이는 예쁘고, 공부도 잘하고, 요리도 잘한다. 똑같은 사람인데 나는 그녀가 가진 것을 무엇 하나 갖고 있지 않았다.

치사해.

내가 무심코 초콜릿을 노려보자 센다이가 말했다.

"맛있게 만들어진 것 같아."

그녀의 말에 트러플에 손을 뻗었다.

하지만 나는 곧바로 그 손을 거두었다.

"센다이가 나한테 먹여줘."

"명령?"

"응, 명령."

요즘 센다이는 명령을 받는 것에 익숙해져 버린 것인지 장난이 지나쳤다. 그 후에도 몇 번인가 다리를 핥으라고 명령했지만, 거의 반드시 명령 이외의 다른 일까지 해온다.

깨문다든지, 입술을 갖다 댄다든지, 그런 건 원하지 않았다.

따라야 할 사람은 센다이였고, 아프거나 이상한 기분을 느끼는 것도 센다이여야 했다.

그래서 오늘은 내가 똑같이 할 것이다.

"이리 와."

침대를 등받이로 삼고 센다이를 부르자 그녀가 순순히 내 옆에 앉았다.

"어떤 것부터 먹고 싶어?"

"하얀 것부터."

슈가파우더가 묻은 트러플을 가리켰다.

"알았어."

센다이가 흰색 트러플을 검지와 엄지로 집었다.

곧 작은 눈송이 같은 덩어리가 다가와 입술에 달라붙었다. 센다이의 가늘고 깨끗한 손가락까지 먹어치울 기세로 입을 크게 벌렸다. 혀끝에 초콜릿이 닿자 슈가파우더의 달콤함에 정신을 빼앗겼다. 목적을 잊은 채 트러플에 이를 세우고, 센다이의 손목을 잡았다.

"안 먹어?"

그저 형식적인 물음이었는지, 트러플이 내 뜻을 무시하고 밀려들었다. 잡았던 손목을 놓자 슈가파우더의 달콤함이 입안에 퍼졌다.

초콜릿은 5개 남았다.

그녀의 손가락에 장난을 치는 것은 뒤로 미루고, 초콜릿 덩어리를 씹었다.

맛있다.

달콤하지만, 그 달콤함이 입안에 계속해서 남지는 않았다. 혀 위에서 매끄럽게 녹아가는 트러플은 몇 개라도 먹을 수 있을 것 같다.

"입술이 하얘졌어."

센다이가 웃으며 손을 뻗어왔다.

길고 가느다란 손가락으로 입술을 닦아와 나는 그녀의 손을 털어냈다.

"너무 달았어?"

난폭하게 손끝을 내친 것에 대해서, 투정이 아니라 맛이 어떤지 묻는 그 모습에 약간 짜증이 치밀었다.

이 센다이는, 학교에서 보는 센다이다.

교실에서는 늘 웃고 있고 화를 내는 모습을 본 적이 없다. 학교가 아닌 이 방에서도 선을 그은 채 자신만 다른 장소에 있는 것처럼 행동하는 센다이를 나와 같은 장소로 끌어내리고 싶었다.

"여긴 학교가 아니야."
팬히터의 설정 온도를 1도 더 올리고 사이다를 마셨다.
"무슨 말이야?"
"좋은 사람인 척하잖아."
"척하는 게 아니라 실제로 좋은 사람인데."
센다이가 민망해하는 기색도 없이 단언하고는 미소를 지었다.
"여기선 좋은 사람이 아니잖아. 좋은 사람이라는 건 이 초콜릿 정도로 달콤한 사람이라고 생각해."
"그럼 좋은 사람 맞지. 달콤하고 상냥하고. 미야기에게 우정 초콜릿을 가져왔을 정도잖아?"
"우정 초콜릿이라니, 애초에 우리는—."
친구가 아니잖아, 라는 말은 나오지 않았다.
굳이 입에 담을 만한 말은 아니었기 때문이다. 우리가 친구인지 아닌지는 큰 문제가 아니었고, 우정 초콜릿이 반드시 우정의 증표인 것도 아니다.
그래, 아무래도 상관없는 일이다.
"뭐야? 왜 말을 하다 말아?"
"하나 더 줘."
얼버무리듯 말하자 센다이는 뒷말을 더 추궁하지 않고 핑크색 트러플을 집어 들었다.
"이거 먹을래?"

"응."

나는 그녀의 손가락을 보았다.

투명한 매니큐어로 덮인 손톱은 길지도, 짧지도 않다. 손질되어 있어서 깔끔했다. 하지만 손가락보다는 발가락 쪽이 더 신경 쓰였다.

처음 그녀에게 다리를 핥으라고 명령하던 날, 발가락을 물렸다.

이가 살을 파고들 정도로 물었고, 그만하라며 강하게 명령하기 전까지 계속 물렸다.

심지어 물린 자국을 따라가듯 또 한 번 핥아왔다.

아프고, 소름이 돋았다.

기분은 불쾌한데 생각만큼 싫지는 않았다. 그와 비슷한 일은 다른 날에도 있었는데 그때도 똑같이 느꼈다.

원치 않는 감정을 내어준 그녀에게 같은 감정을 느끼게 하고 싶었지만, 센다이처럼 남의 다리를 핥는 것은 절대로 싫었다. 그래서 손이라면 괜찮지 않을까 생각했다. 굳이 초콜릿을 핑계 삼아 에두르지 않고 직접 명령하는 방법도 있을 것이다. 하지만 그러면 재미없을 것 같았다.

이해할 수 없는 감정은 갑자기 찾아와야 한다.

"먹어."

부드러운 목소리에 이끌리듯 크게 입을 열고, 센다이의 손가락째로 트러플을 입에 물었다. 초콜릿을 씹는 것치고는 조금 더 강하게 힘을 줘서 이를 세우자, 이에 닿은 살의 부드러움이 느껴졌다. 두꺼운 스테이크에 칼을 집어넣었을 때와 비슷한 고양감이 들었다.

최근에는 아빠와 함께 스테이크를 먹었던 적은 없지만.

"미야기, 아파."

센다이가 항의하는 소리를 냈다.

하지만 놓지 않았다. 뼈가 느껴질 정도로 계속 강하게 깨물었다.

"잠깐, 미야기. 아프다니까."

학교에서 듣던 목소리와는 다른, 낮고 강한 목소리가 고막을 자극했다.

덥지 않았던 방이 이상하게 더웠다. 초콜릿의 달콤함과 뼈의 단단한 감촉에, 「좀 더」 하는 목소리가 머릿속에 울려 퍼졌다.

나는 손가락에 세운 치아에 조금 더 힘을 주었다.

피부에 이가 한계까지 파고들면서 센다이의 손가락이 작게 떨렸다.

"미야기!"

날카로운 목소리에 그녀의 손가락을 풀어주었다. 그리고 입안에 남은 초콜릿을 천천히 음미했다.

"……복수하는 거야?"

센다이가 자신의 손을 보며 조용히 말했다.

화가 난 것 같지는 않았다. 하지만 아파 보이긴 했다.

"글쎄. 손, 빌려줘."

트러플을 모두 녹여 위장에 흘려보낸 뒤 그렇게 말하자, 센다이가 앞으로 일어날 일을 짐작하고 조금 내키지 않는 표정을 지었다. 하지만 내 말에는 거스르지 않았다. 말없이 내밀어진 손은 명령한 것도 아닌데 입술에 놓였다.

나는 혀끝으로 그녀의 손가락을 만졌다. 내가 만든 잇자국을 천천히 덧그리고 있자니, 센다이가 과하게 잘린 앞머리를 잡아당겼다.

"머리, 잘랐어?"

과하게 잘랐다고 해도 아주 조금이다.

학교에서 말도 안 섞는 센다이가 눈치챌 정도로 자른 것은 아니다.

우리들 사이에는 갠지스 강 수준의 간극이 있었다.

—갠지스 강이 어느 정도 크기인지 기억은 안 나지만, 적어도 확실하게 나뉘어져 있다. 그 정도로 먼 곳에 있었을 텐데, 아주 조금 과하게 잘린 앞머리를 눈치채는 센다이에게 마음이 술렁거렸다.

나는 대답 대신 손가락을 세게 깨물려고 했다. 하지만 그보다도 빠르게 입안에 손가락이 밀어 넣어지며 두 번째 관절 부근까지 파고들었다. 손가락이 입안을 탐색하듯 움직였고, 볼 점막에 손끝이 닿자 등골이 저릿저릿했다.

주체할 수 없는 감정이 치밀어 올랐다.

불쾌하다고 느끼면서도, 그만하길 바라는 마음은 들지 않는 이상한 감정이 가슴속에서 점점 커져갔다.

싫다.

나는 입안에서 움직이는 손가락을 부드럽게 물었다. 혀를 누르며 갖다 대고 손가락을 핥자 그것은 강제로 빠졌다.

"맛있었어?"

아무 일도 없었다는 투로 물어오는 센다이를 바라보았다.

그녀도 다리를 물린 나와 똑같이 아프고, 소름이 돋는 것 같은 기분을 느꼈을까.

모르겠다.

센다이에겐 미소라는 얼굴이 찰싹 달라붙어 있고, 감정이라는 것은 그 뒤에 가려져 있었다.

기대했던 반응을 얻지 못한 나는 퉁명스럽게 대답했다.

"초콜릿이 더 맛있어."

"그렇겠지. 더 먹을래?"

센다이가 웃는 얼굴을 유지한 채 말했다.

지금 일어난 일이 아무렇지도 않은 일인 것처럼 느껴지는 얼굴을 한 그녀가 싫었다.

아프다고 소리를 지를 정도로 손가락에 이를 세우고 게다가 핥기까지 했는데, 불쾌하지 않을 리가 없다. 그러니 감정을 수습할 여유를 그녀에게서 없애야 한다.

"그거 줘."

나는 코코아 파우더 같은 것으로 덮인 갈색 트러플을 가리켰다.

"입, 벌려."

센다이는 그렇게 말하더니 요청대로 세 번째 초콜릿을 집어 들었다.

앞으로 일어날 일.

그녀는 그것을 알고 있다는 듯 갈색 덩어리를 내 입에 넣어주었다. 매뉴얼에 쓰인 순서를 지키듯 초콜릿이 입술에 닿았고, 나도 정해진 절차를 따르듯이 트러플을 센다이의 손가락째로 깨물었다.

"미야기, 아파."

그런 대사가 적힌 대본이라도 읽는 것처럼 센다이가 목소리를 높였다. 하지만 그저 목소리로 내보내고 있을 뿐, 아프다는 말에는 진심이 담겨 있지 않았다.

당연하다.

아직 그렇게 강하게 물지는 않았으니까.

나는 송곳니에 닿은 손가락에 자국이 나도록 힘을 주었다.

아슬아슬한 선을 유지하며, 조금씩.

센다이의 손가락 끝으로 치아가 조금씩 파고들자, 혀끝에서 초콜릿이 녹아내리며 마치 그녀의 손가락이 달콤하

일주일에 한 번 클래스메이트를 사는 이야기 1
©Usa Haneda, U35 2023 / KADOKAWA CORPORATION
[NOT FOR SALE]

고 맛있는 것 같은 착각이 들었다. 트러플을 통째로 먹어 버리고 싶은 마음에 송곳니를 더 세게 들이밀자, 이마가 꾹 눌린다.

"아프다니까!"

지금의 말은 거짓이 아니었는지, 들려온 목소리에는 감정이 실려 있었다. 내 이마를 누르는 손에도 힘이 들어가 있었다.

"놔 줘."

센다이에게 명령할 권리는 없다.

그래서 나는 말을 듣지 않았다.

일부러 더 세게 물었다.

그러자 어지간히 아팠는지, 그녀는 명령조로 한 번 더 「이거 놔」라고 말하면서 손가락을 빼냈다. 입안에는 초콜릿만 남았고, 나는 그것을 녹인 뒤에 삼켰다.

설사 친구가 아니더라도 그녀가 만든 우정 초콜릿은 맛있었다. 그녀가 생각했던 우정 초콜릿의 활용법과는 다르겠지만, 나에게 도움은 되었다. 겸사겸사 만들어진 초콜릿이니 그 말로가 어떻게 되든 신경 쓸 문제는 아니었다.

하지만 만든 본인의 얼굴을 보자 미소가 사라져 있었다.

"티슈 좀 줘."

평소보다 조금 낮은 목소리로 센다이가 말했다.

악어 커버가 덮힌 티슈 상자는 내 대각선 앞에 있었다.

거리상으로만 말하자면 센다이보다 나에게 더 가까웠다.

그녀의 손가락을 보자 코코아 파우더 같은 것과 초콜릿이 묻어 있었다.

투명한 매니큐어에 감싸인 손톱도 지저분해져 있었다.

딱히 그것을 닦는 것이 티슈일 필요는 없겠지.

나는 센다이의 말을 무시하고 그녀의 검지에 혀를 가져갔다. 실로 바보 같은 공정이었지만, 센다이를 더럽힌 내가 직접 그녀를 원래의 깨끗했던 센다이로 되돌려주는 것뿐이다.

"미야기."

들리는 목소리를 들리지 않는 척하며 손끝에 입술을 밀어붙이고 내가 만든 이빨 자국을 핥았다. 두 번째 관절 위에 혀를 갖다 대고 손가락의 뿌리를 빨자 쪽, 하는 작은 소리가 났다. 센다이가 움찔 몸을 떨었다.

"잠깐, 그거 기분 나빠."

그녀의 목소리 톤은 평이했다.

하지만 분명 센다이는 과거의 나와 같은 기분을 느꼈을 것이다.

기분은 나쁘지만, 그뿐만이 아닌 감정.

단조로운 목소리 속에 그런 마음이 엿보인 것 같아 나는 손가락에 혀를 밀어붙였지만, 초콜릿이 전해주는 달콤함은 이미 사라지고 없었다.

사람의 피부는 지금까지 먹어보았던 그 어떤 것과도 닮지 않았다고 생각했다. 특별히 뜨겁거나 차갑지도 않고, 인간의 손가락 같은 것은 딱히 맛있지 않았다.

그렇지만 오늘 가장 즐거운 시간은 바로 지금이었다.

나는 엄지 위에서 혀를 굴렸다.

검지에 했던 것처럼 그녀의 손가락을 핥았다. 초콜릿을 녹이듯 천천히 혀를 움직이고 있는데, 센다이가 작게 한숨을 내쉬었다.

"미야기, 장난이 지나쳐."

말과 함께 어깨를 세게 밀어오기에, 그녀의 손가락을 풀어주었다. 나는 등에 티슈를 기르고 있는 악어를 센다이에게 던졌다.

"이런 짓을 하면 즐거워?"

손가락을 닦으면서 센다이가 나를 보았다.

"당연하지."

활짝 웃으며 대답하자 꾹 밀어붙이듯이 악어를 돌려받았다.

"무슨 취미야? 혹시 사람 먹는 취미라도 있어?"

"그런 취미는 없는데."

"그럼 물지 마. 진짜 아팠다고. 이거 계약 위반 아니야?"

어이없다는 투로 센다이가 사이다를 한 모금 마셨다.

"폭력은 아니잖아. 게다가 센다이도 나한테 똑같은 짓을 했으니까 그 정도는 참는 게 어때?"

"똑같은 짓이라니?"

"내 발을 물었잖아."

"이렇게 세게 안 물었어. 손가락이 잘리는 줄 알았단 말이야."

"초콜릿을 먹다 보니 그렇게 된 것뿐이야."

"아직도 더 먹을 거야?"

"어떻게 했으면 좋겠어?"

"……좋을 대로 하지 그래?"

센다이가 쓰레기라도 버리듯 건성으로 말했다.

나는 그녀와 친구가 되고 싶은 것이 아니다.

돈으로밖에 이어지지 않았고, 돈으로만 이어져 있으면 된다.

그래서 센다이가 무엇을 생각하든 상관이 없었다. 나에게는 그녀를 좋을 대로 해도 될 권리가 있었다.

그럴 텐데.

하지만, 그렇지만 입에서 나온 말은 생각지도 못한 말이었다.

"저녁, 먹고 갈래?"

"먹고 갈래."

센다이가 즉답했다.

혼자보다는 둘.

맛은 변하지 않아도 누군가와 함께 먹으면 식사라는 것에 가까워지는 느낌이 든다.

나는 일어나서 주방으로 향했다. 굳이 말하지 않아도 센다이가 뒤를 따라왔다. 불을 켜고 에어컨 스위치를 켠 뒤, 대면 주방의 거실 쪽에 센다이를 앉혔다.

나는 냉동실에서 감자튀김을 꺼내 봉지째로 전자레인지에 집어넣었다. 접시를 두 개 나란히 놓고 냉장고에서 꺼낸 레토르트 햄버그를 올렸다. 전자레인지가 울리는 소리에 감자튀김과 햄버그를 교체했다.

내가 한 일이라고는 그 정도였고, 금세 저녁이 다 차려졌다. 그래도 3분이면 완성되는 컵라면에 비하면 시간은 좀 더 걸렸다.

"다 됐어."

햄버그와 감자튀김이 올라간 접시와 밥을 센다이의 앞에 놓자 그녀가 기뻐 보이는 얼굴로 말했다.

"2인분이구나."

마치 내가 센다이 몫까지 햄버그를 사둔 것처럼 들렸다.

"아빠 몫이야."

오늘은 그런 날이었다.

아빠 몫까지 햄버그를 사왔다.

단지 그뿐이고, 센다이를 위해 준비한 것은 아니다.

"내가 먹어버리면 아빠는 어떻게 해?"

센다이가 엄마에 대해서는 묻지 않고 아빠에 대해서만 물었다.

"다른 것도 있어."

내가 입에 담은 말은 사실이 아니다. 냉장고는 이제 텅 빈 것이나 다름없었다. 하지만 아빠가 집에서 밥을 먹는 일은 거의 없으니 속이 비워져 있든 채워져 있든 변함없다.

"그러니까 그거 먹어."

무뚝뚝하게 내뱉고 센다이 옆에 앉았다. 잘 먹겠습니다, 라고 작게 말하자 그와 겹치듯 옆에서도 똑같은 말이 들려왔다. 그렇다고 마음이 맞았다며 떠들 일도 아니었기에 그 후부터는 묵묵히 먹을 뿐이었다.

대화가 없는 것은 딱히 고통스럽지 않았다. 무리해서 대화를 맞추는 것보다는 편했다. 나는 센다이의 손가락보다 훨씬 더 부드러운 햄버그를 물었다. 둘 사이에는 젓가락과 식기가 움직이는 소리밖에 들리지 않았다. 햄버그와 감자튀김이 조금씩 줄어들고 접시 위가 거의 사라져갈 무렵, 센다이가 입을 열었다.

"다음에 저녁 만들어줄까?"

"갑자기 왜?"

"필요 없어?"

트러플은 맛있었으니 아마도 센다이가 만드는 요리도 맛있을 것이다. 하지만 센다이에게 저녁을 만들어 달라고 할 이유가 없었고, 명령하지 않은 일을 하는 것은 원치 않았다.

우리의 관계를 이루고 있는 것은 「명령」뿐이니까.

"만들지 않아도 돼."

"그래?"

센다이가 실망한 기색 없이 그렇게 말하며 햄버그를 입에 넣었다.

말없이 먹기만 하면 식사는 금방 끝난다. 12월의 미친 듯이 추웠던 날, 컵라면을 먹었을 때와 달라진 것은 없다. 식기를 씻는 것은 나중으로 미뤄두고 우리는 방으로 돌아갔다.

"아직 더 명령하고 싶은 거 있어?"

"없어."

"그럼 돌아갈게."

센다이가 블레이저와 코트를 입고 현관으로 향했다.

"배웅해줄게."

둘이서 현관을 나와 엘리베이터에 올라탔다.

"트러플, 맛있었어. 고마워."

5, 4로 줄어드는 숫자를 바라보며, 받은 것에 대한 감상과 감사를 전했다. 그 정도의 상식은 갖고 있다.

"천만에."

센다이의 목소리가 들리고, 엘리베이터가 멈췄다. 입구까지 걸어가자 「다음에 봐」 하며 센다이가 손을 흔들었다.

"안녕."

늘 그랬듯 그녀의 등에 말을 걸자 센다이가 돌아보았다. 지금까지 한 번도 돌아본 적이 없는데, 돌아서서 「안녕」 하고 다시 한번 손을 흔들었다.

◇ ◇ ◇

밸런타인데이가 지나가고, 남아 있던 초콜릿 3개는 한참 전에 사라졌다. 또 먹고 싶은 것은 아니었지만 그래도 두세 개 정도 더 있었으면 좋겠다는 생각은 들었다.

단것은 좋아하고, 아무리 많아도 아쉽지 않았다.

하지만 그것은 굳이 센다이가 만든 것일 필요는 없다. 누가 만든 것이라도 맛있으면 그만이고, 극단적으로 맛이 없는 것만 아니라면 맛이 없어도 그만이라고 생각했다. 센다이가 만들어줄까, 하고 물었던 저녁밥도 그렇다. 맛이 있든 없든 상관없다. 위장 속으로 들어가면 어떤 것이든 마찬가지다.

……뭐, 만든다는 말은 별 이유 없이 입에 담은 말일 뿐 정말 만들 생각이 있었는지 어떤지는 모르겠지만.

나는 선생님의 목소리를 건성으로 들으며 위 주변을 눌렀다.

칠판 위에 붙은 시계를 보니 수업이 시작된 지 얼마 지나지 않았다. 적어도 35분은 더 기다려야 점심시간이 된다.

"다음, 미야기."

게임에 나오는 잠이 오는 주문 같은 목소리로 선생님이 내 이름을 불렀다. 건성으로 듣고 있었지만, 교과서를 읽어야 한다는 것은 알았다.

일어나서 영어 교과서를 들었다.

영어를 반드시 써야 하는 직업을 가질 생각은 없었다. 일본 밖으로 나갈 생각도 없으니 영어를 못해도 곤란한 일은 없겠지만, 영어 수업은 자비 없이 찾아왔고 선생님은 나를 호명해왔다.

그래서 나는 내키지 않는 기분으로 교과서를 읽었다.

기억에 있는 단어 사이사이에 본 적 없는 것 같은 단어가 섞여 있어 목소리가 자꾸 끊겼다. 도중에 선생님이 보완해주었지만 입 밖으로 뱉은 발음이 맞는지 아닌지 자신이 없었다.

"이제 됐어, 앉아. 미야기, 넌 좀 더 성실하게 수업을 들어야겠구나."

선생님이 탐탁지 않은 얼굴로 말했다. 하지만 수업을 성실하게 들어봤자 영어를 잘하게 될 거라는 생각은 들지 않았다.

"그럼, 센다이. 이어서 읽어봐."

네, 하고 대답한 센다이가 몸을 일으켰다.

등을 쭉 펴고 교과서를 읽기 시작한다.

막힘없이 흐르는 목소리는 무척 맑았다. 틀리게 읽는 일도 없고 도중에 막히는 일도 없이 교과서의 글자는 소리가 되어 뻗어나갔다. 글자에 비유한다면 센다이의 목소리는 필기체였고, 나의 목소리는 아이가 쓴 삐뚤빼뚤한 블록체겠지.

그녀는 대부분의 일을 실수 없이 해낸다.

나는 교과서를 바라보며 한숨을 내쉬었다.

이해할 수 없었다.

머리는 약간 갈색에 메이크업도 하고 있다. 스커트 길이도 규정보다 짧았다. 교칙을 지키지 않고 있음에도 센다이는 선생님의 보호를 받고 있었다. 애초에 본인은 청초 스타일이니 뭐니 말하고 있지만 메이크업을 하는 게 과연 청초한 것인지, 남의 발을 깨무는 짓은 청초한 것인지 실로 의문이었다.

하지만 아무리 이런 생각을 한다 해도 환경은 변하지 않았고, 내가 센다이처럼 무엇이든 실수 없이 해내게 될 일은 없다.

교과서를 팔랑팔랑 넘겼다.

잠시 후 센다이의 목소리가 끊기고 분필이 칠판 위를 움직이는 소리가 들려왔다. 노트에는 별생각 없이 칠판을 그대로 베낀 글자들이 죽 나열되었고, 길고 긴 시간이 지나갔다. 선생님은 점심시간을 5분 더 빼앗고 수업을 마쳤고, 나는 곧장 가방에서 스마트폰을 꺼냈다.

교실 맨 뒷자리에서 친구인 마이카가 오기 전에 메시지를 보냈다.

상대는 센다이, 내용은 뻔하다.

『오늘 우리 집으로 와.』

답장은 바로 왔고, 방과 후 일정이 생겼다.

학교에서 점심을 먹고 오후 수업까지 듣고 나자 순식간에 학교에서 할일이 사라졌다. 어딘가에 들렀다 가자고 권유하는 마이카에게 이별을 고하고 집에 돌아가니 센다이에게『이제 곧 도착해.』라는 메시지가 도착해 있었다. 침대에서 뒹굴뒹굴하고 있자 인터폰이 울리고 집에 센다이가 찾아왔다.

"기다렸지?"

센다이는 그렇게 말하고 코트와 블레이저를 벗은 뒤 책장 앞에 앉아 책을 찾기 시작했다. 나는 그녀의 머리 위에 오천 엔짜리 지폐를 한 장 올려두고 방을 나섰다. 탁탁, 슬리퍼를 울리며 주방으로 향했다.

잔을 두 개 나란히 놓고 냉장고에서 사이다를 꺼내 따랐다. 그것을 방에 들고 들어가자 센다이는 마치 자신의 집인 양 침대에 편하게 누워 있었다.

한심한 모양새로 누워 있는 그녀의 옆에는 만화책 세 권이 쌓여 있다. 평소와 다름없는 모습에 나는 테이블 위에 유리잔을 내려두고 책장에서 만화 몇 권을 꺼냈다. 그리고 침대를 등지고 바닥에 앉아 몇 번이고 읽은 책 페이지를 넘겼다.

명령이라고 해도 그렇게 종류가 다양한 것은 아니다. 이 방에 있는 센다이는 내 하인이나 다름없었지만, 어느 정도의 결정권을 갖고 있었기에 할 수 있는 것에는 한계가 있었다. 게다가 늘 그녀에게 심한 짓을 하고 싶은 것도 아니었고, 특이한 일을 시키고 싶은 것도 아니었다.

그래서 시간은 조용히 지나갔다.

만화책을 한 권, 두 권 읽어 나갔다.

방에는 페이지 넘기는 소리와 팬히터가 따뜻한 바람을 내뿜는 소리밖에 들리지 않았다. 내가 세 번째 만화책을 집어 들자 센다이의 목소리가 들려와 그녀를 바라보았다.

"미야기는 게임은 안 해?"

"하는데."

"미남이 고백하고 그런 건?"

만화에서 눈을 떼지 않은 센다이가 말했다.

"그런 건 안 해."

"흐음, 순정만화가 많아서 그런 쪽을 좋아하는 줄 알았는데."

순정만화는 좋아하지만 그것이 게임 취향에까지 반영되

지는 않았다. 자주 플레이하는 것은 롤플레잉 게임이다. 연애를 간접적으로 체험하는 것보다는 남의 인생을 따라가는 게임이 더 좋았다.

“어차피 오타쿠 같은 게임만 할 거라고 생각하는 거겠지.”

“아니야?”

만화책을 보다 고개를 든 센다이가 장난스럽게 웃었다.

나는 거기에 대답하지 않고 몸을 일으켰다.

의식하고 하는 것은 아니겠지만 그녀는 나보다 위에 서 있는 것처럼 행동한다. 학교에서의 입장만 놓고 보면 확실히 그것이 맞다. 하지만 여기서는 다르기 때문에 그녀의 태도는 별로 마음에 들지 않았다.

“영어 숙제 좀 해줘.”

가방 안에서 교과서와 프린트를 꺼내 테이블에 펼쳤다. 하지만 센다이는 침대 위에 누워 있다.

“이거 다 읽고 할게.”

“지금 당장.”

“미야기, 쪼잔해.”

그렇게 말한 그녀는 마지못해 내 맞은편에 앉았다. 그리고 자신의 가방에서 프린트를 꺼내 문제를 풀기 시작했다.

“내 거에 직접 적어주면 더 좋잖아.”

“예전부터 말했지만 필적을 보면 내가 쓴 걸 들킬 테니까 안 돼.”

"필적을 따라하면 되지."

"걸렸을 때 같이 혼나는 것도 싫고. 게다가 모두에게 들킬지도 모르는 명령은 계약 위반이잖아."

나와 센다이가 방과 후에 만나고 있다.

함께 무언가를 하고 있다.

그런 것이 알려질 만한 명령은 하지 않겠다고 약속했다. 그래서 센다이의 말은 맞지만, 그녀라면 내 필적을 흉내 내는 정도는 간단할 것이다.

할 수 있지만 하고 싶지 않다.

그런 거겠지.

나는 샤프펜슬의 뚜껑 부분으로 센다이의 볼을 찔렀다.

"뭐야?"

"핥아."

진지하게 문제를 풀고 있는 센다이를 보고만 있어도 재미없으니까, 그저 약간의 심심풀이였다.

테이블 건너편, 고개를 든 그녀의 입술을 샤프 뚜껑으로 건드렸다. 그리고 입가에서부터 샤프를 쭉 미끄러뜨렸다. 천천히 덧그리면서 따라가자 센다이는 주저하지 않고 그것을 핥고는 깨물었다.

"그런 건 별로 안 좋아해."

나는 그녀의 입에서 샤프를 떼어냈다.

"무슨 뜻이야?"

"부탁하지 않은 것까지 하는 거."

명령은 핥으라는 것이지, 깨물라는 것이 아니다.

내가 해줬으면 하는 것은 핥는 것뿐이다.

"센다이, 혹시 명령받는 거 좋아해? 뭔가 즐기는 것 같아."

"즐기는 것처럼 보여?"

기뻐한다는 말이 아니다. 하지만 적어도 하고 싶지 않은 것처럼 보이지는 않았다.

지금까지 센다이가 내 명령에 따르지 않은 적은 없었다.

내 바람은 이루어졌을 텐데, 지금은 그런 생각이 들지 않았다.

"……즐거워 보이지 않게 해 줘."

나는 그녀의 입속에 샤프를 억지로 밀어 넣었다. 뚜껑으로 혀를 찌르고 위턱을 긁듯이 움직였다. 그대로 샤프를 빼버리자 센다이는 얼굴을 찌푸리며 불쾌한 기분을 드러내듯 미간에 주름을 만들었다.

"그런 얼굴로 있어 줘."

친구에게 이런 생각을 한 적은 없다.

하지만 센다이는 친구가 아니니까, 이런 생각을 해도 괜찮다.

"역시 미야기는 변태야."

학교에서는 들을 수 없을 것 같은 낮은 목소리로 그렇게 말한 센다이가 내게서 샤프를 빼앗으려 했다. 그것을 피한 나는 미소를 지었다.

"그럴지도 몰라."

학교에서는 싫은 내색 하나 하지 않는 그녀가 노골적으로 싫은 내색을 드러냈다.

한없이 좋은 사람이던 센다이가 사라진다.

아무도 모르는 센다이가 나타난다.

그 순간이 참을 수 없이 좋았다.

나와는 어울리지 않는 그룹의 인간이고, 반짝반짝하고, 언제나 즐거워 보인다. 학교생활의 장점을 모두 그러모아 자신의 것으로 삼은 것 같은 센다이는 이곳에 없었다.

나는 샤프펜슬 끝으로 센다이의 손등을 찔렀다.

"잠깐, 위험하잖아."

센다이가 발끈한 얼굴로 말했다. 그녀의 피부에 심지가 부러질 정도로 펜촉을 파묻자 「아파」 하는 소리가 들렸다.

나는 샤프를 센다이의 손에서 떼고, 악어의 등에 자라난 티슈를 한 장 뽑아 젖은 샤프 뚜껑을 닦았다.

"저기, 저녁 만들어줄 거야?"

그날, 변덕으로 입에 담았을 말이 진실인지 확인했다.

"먹기 싫은 거 아녔어?"

센다이가 차가운 목소리로 말하며 작게 한숨을 내쉬었다. 그리고 마음을 진정시키려는 듯이 한 번 눈을 감았다가 나를 쳐다본다.

"하지만 명령이라면 만들게."

조용히 그렇게 말하고는 프린트에 영어 단어를 적기 시작했다.

나는 오천 엔을 내고 센다이에게 명령을 한다.

하지만 저녁을 만들어 달라는 명령은 하지 않았다.

명령은 다른 일에 사용했다.

나는 그녀가 쓴 예쁜 글씨체를 흉내 내듯 프린트 위에서 샤프를 움직였다.

제4화
미야기가 맛있지 않다는 것은 알고 있다

"다녀왔습니다."

집에 돌아왔다는 의식 중 하나로 거실을 향해 말을 걸었다. 불빛이 새어 나오는 방에서는 웃음소리가 들려왔지만 그뿐이다. 분명 들렸을 목소리에 대답이 없는 것은 너무나도 당연했기에 불평 한마디 나오지 않았다.

애초에 오늘에 와서 갑자기 「어서 와」라는 말을 들어봤자 곤란했기에 대답은 없는 편이 더 나았다. 그게 더 자연스럽다.

저녁은 미야기의 집에서 몸에 안 좋을 것 같은 도시락을 먹고 온 덕분에 배는 고프지 않았다. 거실에 들를 이유도 없었던 나는 내 방으로 들어갔다.

과한 것도, 부족한 것도 없이 필요한 것들로만 갖춰진 방 안. 나는 교복을 벗고 실내복으로 갈아입었다. 숙제도 미야기의 집에서 전부 다 해치워서 오늘 해야 할 일은 모두 끝났다. 나는 가방 안에서 지갑을 꺼내 미야기에게서 받은 오천 엔짜리 지폐를 꺼냈다. 그리고 서랍장 위에 놓인, 오백 엔짜리 동전을 가득 채우면 백만 엔을 모을 수 있다는 저금통에 그 오천 엔짜리 지폐를 집어넣었다.

얼마나 들어 있을까.

일주일에 한두 번 미야기에게서 오천 엔을 받고 있다. 이 안에 오천 엔짜리 지폐를 몇 장이나 넣었는지는 기억나지 않지만, 그런 관계가 지난해 7월부터 계속되고 있으니 상당한 액수가 들어 있을 것이다.

굳이 열어서 확인해볼 마음은 들지 않았고, 아무리 많이 들어 있다 해도 쓸 예정도 없었다. 하지만 내가 미야기와 보낸 시간이 어느 정도나 쌓였는지는 좀 궁금했다.

흔들어 보니 짤랑짤랑하는 소리가 났다.

그것은 아마 오천 엔을 모으기 시작하기 전에 넣어둔 오백 엔짜리 동전이 내는 소리일 것이다. 그동안 쌓아온 시간을 알 수 있는 단서는 아니었다.

나는 저금통을 서랍 위로 돌려놓았다.

미야기는 약간의 명령을 내리기 위해 오천 엔을 낸다.

고등학생에게는 큰돈으로, 원래라면 가볍게 선뜻 낼 수 있는 금액이 아닌 그것을 매번 건네 온다. 돈 쓰는 데에는 어려움이 없다고 했지만, 저금통에 든 오천 엔을 생각하니 조금 마음이 무거웠다. 명령의 내용이 금액에 상응하는 것이었다면 받은 오천 엔에 이렇게 고민할 일도 없었을 텐데.

그런 생각을 하면 오늘, 샤프를 입안에 밀어 넣었을 때 감정을 드러낸 나에게 미야기가 말했던 「그런 얼굴로 있어

줘」라는 말은, 오천 엔에 걸맞은 것이었을지도 모른다.

그때의 미야기는 지금까지 중 가장 즐거워보였다.

하지만 그것이 정말 오천 엔과 맞바꿔야 하는 것이라면, 역시 환영할 만한 일은 아니었다. 그녀에게 말한 「역시 미야기는 변태야」라는 말은 틀린 말이 아니었고, 난 싫다고 느끼는 것을 자진해서 하는 변태도 아니었다.

이럴 거였다면 차라리 개처럼 순종하라는 말을 듣는 편이 더 나을 텐데.

싫어하는 얼굴을 보고 싶다니, 그녀는 병들어 있다는 생각밖에 안 들었다.

"대체 무슨 생각인 걸까."

누구에게 말하는 것도 아니고, 그렇게 중얼거리면서 머리를 풀자 스마트폰이 메시지의 착신을 알렸다. 화면을 보니 우미나에게 온 것이다. 『봤어?』라고만 적혀져 있다.

그러고 보니 오늘은 우미나가 좋아하는 드라마 하는 날이었나?

텔레비전을 켜자 드라마는 종반부였다. 『목욕하고 있었어. 녹화한 거 보려고.』라고만 보내두었다.

지금부터 드라마를 보면 광고를 생략해도 50분 가까이 구속되는 셈이다.

생각할 것도 없이 귀찮았다.

봐야 할 드라마는 연애물이고 그 장르 자체는 싫지 않지만, 우미나가 좋아하는 드라마는 스토리가 내 취향이 아니었다. 시간 낭비라는 말까지는 하지 않겠지만, 재미없는 드라마를 볼 정도라면 그 시간에 차라리 다른 것을 하고 싶었다.

미야기에게 연속해서 불리는 일은 거의 없었기에 내일 방과 후는 아마 우미나 일행과 외출하게 될 것 같았다. 그것은 흔한 방과 후 일정으로, 그녀들과 보내는 시간 자체는 싫지 않았다. 다만 그 시간을 편안하게 만들기 위해 밟아야 하는 절차는 아주 조금 번거로웠다.

내일 나간다면 무조건 드라마 이야기를 하겠지.

"안 봤다고 하면 또 기분 상할 텐데."

상대가 미야기라면 굳이 드라마를 볼 필요도 없을 텐데.

나는 침대에 드러누워 팔을 쭉 뻗었다.

방의 불빛에 손을 대고 검지를 보았다.

밸런타인데이 때 미야기에게 물렸던 자국은 이미 사라졌다.

뭐, 남아 있어도 곤란했겠지만.

그날은 조금의 주저함 없이 남의 손가락을 무는 미야기의 모습에 놀랐지만, 다음 날까지 잇자국이 남는 일은 없었다.

모두에게 우리의 관계에 대해 들킬 만한 일을 하면 계약 위반.

손가락에 이빨 자국이 남아서 우미나 일행에게 추궁당하는 일이 생긴다면 룰을 지키지 않은 것이 된다. 그러니 미야기 나름대로 조절해준 것일지도 모른다. 그게 아니면 애초에 잇자국이라는 것 자체가 그렇게 흔적이 오래가지 않는 것일 수도 있다. 지금까지 잇자국을 내본 적이 없으니, 미야기의 배려였는지 우연이었는지는 알 수 없었다.

이빨 자국이 있던 자리를 쓰다듬어 보았다.

아픔도 무엇도 없다.

입술을 만지고, 보이지 않는 흔적을 더듬듯이 핥아보았다.

딱히 아무것도 느껴지지 않았다.

그렇겠지.

두 번째 관절부터 손가락 뿌리 언저리.

미야기가 핥아서 불쾌했다. 하지만 동시에 부드러운 혀가 신경을 더듬는 것 같은 이상한 감각이 들었다.

—나도 미야기와 똑같은 얼굴을 하고 있었을까.

미야기의 다리를 핥고, 깨물었다.

그때 그녀의 얼굴을 기억하고 있다.

나도 그런 얼굴을 하고 있었다면—.

작게 숨을 내쉬고 몸을 일으켰다.

역시 드라마를 봐야겠다.

나는 재생 속도를 빠르게 해 시청시간을 단축하기로 하고, 리모컨의 재생 버튼을 눌렀다.

아픈 것은 좋아하지 않는다.

함부로 대하는 것도 좋아하지 않는다.

그렇지만 미야기의 방은 내 집에 있는 것보다 더 편안했다.

나도 어느새 물든 것일지도 모른다.

깊은 의미는 없다고 해도 서로의 피부를 핥아서 거리감이 더 이상해졌을지도 모른다. 하지만 이제 와서 그것에 대해 이래저래 따질 마음은 없다. 미야기도 엇나가기 시작한 방향을 굳이 수정하지는 않을 것 같았다.

텔레비전의 음량을 높였다.

우미나가 좋아한다고 했던 꽃미남 배우의 목소리가 커졌다.

나는 그렇게 재미있게 느껴지지 않는 드라마에 의식을 향했다.

◇◇◇

남자친구를 갖고 싶다.

멋있고 바람피우지 않는 남자친구가 좋다.

남자친구가, 남자친구가, 남자친구가.

방과 후 노래방에서 우미나는 마치 정해진 단어밖에 말하지 못하는 로봇이라도 된 양 「남자친구」를 연발했다.

평소 함께 다니는 멤버 중 한 명에게 남자친구가 생긴

것을 알게 된 결과가 이것이다. 1월 막바지에 연인에게 차인 우미나는 남자친구를 갖고 싶어 하는 로봇이 되어 있었다. 이럴 때의 그녀는 성가시다. 기껏 재미없는 드라마를 보고 왔더니, 오늘은 별로 도움이 되지 않을 것 같았다.

"좋겠다, 하즈키는 인기 많잖아."

우미나에게 이름을 불린 나는 미소 지었다.

—인기가 많다.

그 말이 사실인지 아닌지는 문제가 아니다. 입에 담아야 할 대답은 처음부터 정해져 있다. 너무 부정하지도 않고, 그렇다고 너무 긍정하지도 않고 「우미나 쪽이 더 인기가 많다」라는 결말로 이끌어가야 하는 것이다.

여자아이는 생크림 위로 형형색색의 과일이 올라간 케이크처럼 화려하지만, 내용물도 케이크처럼 달콤하다고는 할 수 없다. 맛있을 것 같아서 입에 넣어보니 독이 들어 있는 경우도 있다. 그렇기에 불쾌하지 않는 선에서 인기가 있다는 말을 부정하면서 우미나를 치켜세웠다.

하지만 기분이 심하게 침체된 우미나는 그런 것에 납득하지 않았다.

"밸런타인데이 때 말이야, 하즈키는 도중에 돌아갔잖아. 그거 누구 만나러 갔던 거지? 이이다? 아니면 사사키? 혹시 내가 모르는 남자야?"

"저번에도 말했지만 그런 거 아니래도. 부모님한테 호출

당한 것뿐이야. 남자친구가 생겼으면 제일 먼저 우미나한테 말했을 거야."

밸런타인데이 때 미야기의 호출을 받아 일찍 돌아간 탓에 그다음 날 우미나 일행에게 남자친구를 만나러 간 것 아니냐며 의심을 받았다. 그것에 대해서는 이미 오해를 풀었는데, 화풀이 대신 그 이야기를 들먹이려는 것 같았다.

우미나도 나쁜 아이는 아니다.

내가 우울해하면 걱정도 해주고 격려도 해준다. 남들보다 감정 기복이 더 심할 뿐이다.

하지만 그녀의 비위를 계속 맞춰주는 것은 힘들었다.

이 노래방에 있는 네 사람 중 한 사람은 남자친구가 생겨 한껏 흥분한 상태다. 다른 한 사람은 우미나에게 호되게 당해 이미 시체가 되어 있었다. 그렇게 되면 나 혼자서 우미나의 기분을 좋은 쪽으로 되돌려놓아야 한다는 뜻인데—.

너무나도 귀찮다.

이럴 때 미야기에게 연락이 오면 좋겠다고 생각했다.

그럴듯한 이유를 대며 이 자리를 떠날 수도 있겠지만, 제대로 된 볼일이 있는 편이 빠져나오기는 더 쉬웠다. 하지만 미야기에게 연속해서 불리는 일은 거의 없었다는 과거의 선례는 오늘도 유지되었고, 그녀에게서 연락이 오는 일은 없었다.

결국 미야기가 나를 부른 것은 다음 주가 되어서였고,

그날은 몸에 안 좋을 것 같은 저녁을 함께 먹었다. 그다음에도 저녁으로 몸에 안 좋을 것 같은 음식이 나왔다. 미야기는 내게 저녁을 만들라는 말은 단 한 번도 하지 않았다.

그래서 오늘 서점에서 호출 메시지를 받은 나는 마트에 들러 닭고기를 산 뒤 미야기의 집으로 향했다.

파는 도시락에 반찬.

그 밖에도 컵라면이나 냉동식품 같은 것을 저녁으로 계속 먹는 것은 좋지 않다는 생각이 들었다.

게다가 내가 명령받지 않은 일을 하는 순간 미야기가 어떤 반응을 보일지 보고 싶었다. 내가 싫어하는 얼굴을 보고 싶다는 미야기를 배려할 필요는 없었다. 집에서 저녁을 만들어 가든 미야기의 집에서 만들든 마찬가지였기에 나는 저녁 재료를 들고 미야기의 집으로 들어갔다.

"이바라키를 만나고 왔어?"

오천 엔을 건넨 미야기가 지나가는 투로, 늦어진 이유를 물어왔다.

"오늘은 아니야. 이거 냉장고에 넣어둬."

나는 오천 엔을 받아들고 비닐봉지를 미야기에게 떠넘겼다.

"이게 뭔데?"

"닭튀김 재료."

"이런 걸 왜 가져왔어?"

“여기서 저녁밥 만들려고.”

“그런 명령은 안 했어.”

미야기가 노골적으로 언짢다는 표정을 지었다.

그녀의 명령에 따른다. —그런 약속이긴 하지만 이 집에서 저녁밥을 하면 안 된다는 약속은 하지 않았다. 명령을 받기 전까지는 자유롭게 있어도 상관없었으니 오늘 내가 저녁밥을 만든다고 해도 그녀가 나무랄 일은 아니었다.

미야기도 그걸 알고 있는지 저녁을 만들지 말라고는 말하지 않았다. 그저 불쾌한 듯이 미간을 찌푸리고 있을 뿐이다.

남이 싫어하는 얼굴을 보고 싶다고 생각한 적은 한 번도 없지만, 명령받지 않은 일을 하려는 나를 불쾌한 얼굴로 보고 있는 그녀의 모습은 조금 재미있었다.

“명령은 안 받았지만 늘 저녁 식사를 대접받고 있으니까, 그 보답이야. 게다가 가끔은 제대로 된 음식을 먹고 싶기도 하고.”

거절할 수 없을 만한 이유를 전한 뒤 비닐봉지를 다시 집주인에게 전달하려 했지만 미야기는 받지 않았다.

“본인이 넣지 그래?”

퉁명스럽게 그렇게 말한 미야기는 팬히터로 덥게 데워진 방을 나와 주방으로 향했다. 나는 코트와 블레이저를 벗고 그녀의 뒤를 쫓았다. 비닐봉지를 든 채 주방으로 들어가

식구가 몇 명인지 묻고 싶을 정도로 커다란 냉장고를 열자, 겉으로 보이는 크기에 비해 안에는 황량할 정도로 아무것도 들어 있지 않았다.

“냉장고가 거의 텅 비었잖아. 주스밖에 없는 건 좀 이상하지 않아?”

“안 이상해.”

이것으로 충분하다는 뜻이 담긴 낮은 목소리가 단언했다.

뭐, 남의 집 냉장고에 트집을 잡아봤자 소용없지.

나는 잠자코 저녁거리를 냉장고에 채워넣었다. 비닐봉지가 점점 비워졌고, 어차피 이 집에 없을 거라고 생각하고 사온 밀가루와 녹말가루까지 꺼낸 타이밍에 미야기에게 말을 걸었다.

“오늘 명령은 뭐야?”

“뭐든 상관없잖아?”

“나중에 해도 괜찮은 거면 닭튀김 먼저 만들까 하고.”

“딱히 정하지 않았어. 좋을 대로 해.”

미야기가 내던지듯 말하고 주방을 나가려 했다.

“잠깐만. 이것 좀 썰어주면 좋겠는데.”

냉장고에서 양배추를 꺼내 미야기에게 건넸다.

“내가 자르는 거야?”

“미야기 말고 누가 있는데?”

“만든다고 한 건 센다이니까, 전부 직접 해.”

"혹시 채썰기 못 해?"

도마와 칼을 씻으며 묻자 낮고 작은 목소리가 들려왔다.

"……할게."

할 수 있다는 것인지 못한다는 것인지.

잘은 모르겠지만 미야기가 양배추를 도마 위에 올려놓았다.

나는 그 옆에서 생강을 갈아 간장과 술 안에 넣었다. 마늘은 별로 좋아하지 않아서 넣지 않았다. 잘 섞인 양념장 안에 미리 적당한 크기로 잘라둔 닭튀김용 닭고기를 집어넣고 주물렀다.

문득 미야기가 신경 쓰여 옆을 보니, 그녀는 과장을 조금 보태어 양배추가 아닌 자신의 손가락을 자르려 하고 있었다. 어쨌든 내가 식칼을 들게 해서는 안 되는 인간에게 식칼을 쥐어주었다는 것만은 알 수 있었다.

"미야기, 잠깐만. 그러면 위험하잖아?"

"어디가?"

"손 말이야, 손! 고양이 손처럼 해."

"고양이 손이 뭔데?"

"옛날에 조리 실습 때 들은 적 없어?"

왼손은 둥글게 말아 잘라야 할 대상을 누른다.

그렇게 배웠을 텐데. 하지만 미야기는 손가락 끝으로 양배추를 꾹 누르고 있어서 무서웠다.

"기억 안 나."

미야기가 당당히 말하고는 식칼을 내렸다. 그러자 양배추가 채를 썰기보단 큼직한 폭으로 잘려 도마 위에 흩어졌다.

"그런 식으로 썰면 양배추가 아니라 손이 썰린다니까. 식칼도 너무 높이 들었잖아."

내리친다고 하면 좀 과장이었지만 타앙, 하고 위에서 칼을 떨어뜨리고 있었다.

"센다이, 옆에서 꼬치꼬치 시끄러워."

"도저히 안 되겠다. 미야기, 저리 가."

보는 것만으로도 한기가 들었다.

이럴 바엔 전부 혼자서 하는 편이 나았다. 하지만 그녀는 물러서지 않았다.

"내가 할 거니까 놔둬."

칼이 양배추를 다지며 텅, 하고 도마가 다시 울렸다.

부탁한 것은 실수였다.

아무리 후회해도 채썰기를 부탁하기 전으로는 돌아갈 수 없다. 결국 나는 흠칫흠칫 놀라며 닭고기에 밀가루와 녹말가루를 합친 것을 묻혔다.

텅.

터엉.

도저히 양배추를 썰고 있다고는 생각되지 않는 소리가 몇 번 정도 울리더니, 미야기가 작게 신음하는 소리가 들

렸다.

"왜 그래?"

대답이 없다.

"미야기?"

그녀의 손에 시선을 떨어뜨리자 양배추의 녹색 사이로 붉은색이 보였다.

"잠깐, 미야기. 피 나잖아. 베였으면 베였다고 말을 해야지."

손에 묻은 가루를 털어내고 미야기의 손목을 잡았다. 물이 흘러나오는 수도꼭지 아래로 그녀의 손을 가까이 가져가려 하자 물이 멈췄다.

"이런 상황에서는 베인 손가락을 핥아줘야 하는 거 아냐?"

"만화책을 너무 많이 읽었어. 핥아봤자 상처는 안 낫고, 제대로 씻은 다음 반창고를 붙이는 편이 나아."

"소독은?"

"소독을 하면 오히려 상처가 더 늦게 낫는다고 하니까. 그나저나 반창고는 어딨어? 없으면 내가 가져올까?"

상처는 그리 깊어 보이지 않았다.

그래도 검지에서 방울이 흐를 정도로는 피가 나고 있었다.

흐르는 물에 씻고, 반창고를 붙이고, 주방에서 미야기를 쫓아낸다.

그 모든 일들은 아주 간단하게 할 수 있는 일일 텐데, 미야기는 내가 그 어느 것도 할 수 없게 만들고 있었다.

"핥아서 소독해줘."

그렇게 말하며 베인 손가락을 내 앞으로 내밀었다.

"피가 나잖아. 핥는 건 소독이 아니야."

"명령이야."

"……일부러 베인 거야?"

"설마."

미야기의 손가락이 내 앞에 놓인 채 명령은 절대적이라고 말하고 있었다.

붉디붉은 피가 흘러나와 손가락을 물들여갔다.

보고만 있어도 입안에 녹슨 쇠 같은 비린 맛이 번졌다.

"센다이, 빨리해."

자신의 피를 핥은 적은 있어도 다른 사람의 피를 핥은 적은 없다.

내 것이 아닌 피는 자신의 피와 같은 맛이 나는 걸까.

나는 그 대답을 곧 알게 되었다.

입가에 내밀어진 손가락의 피를 핥은 감상은, 굳이 예상할 필요도 없었다.

누구의 피라 해도 맛은 없다.

미야기의 피도 내 피를 핥았을 때와 마찬가지로 녹슨 쇠 같은 맛이 났다. 실제로 녹슨 쇠를 핥아본 적은 없으니 그것이 맞는 것인지는 모르겠지만, 맛이 없다는 것에는 변함이 없었다. 싫어하는 사이다가 훨씬 맛있다.

"좀 더 제대로 핥아."

이어지는 말과 함께 손가락이 짓눌리며 그녀의 몸에서 흘러나온 액체가 입술을 적셨다. 반사적으로 입을 다물었다. 하지만 닫힌 치아를 강제로 벌리듯이 미야기의 손가락이 입안으로 파고들었다.

혀에 손가락이 닿자 아까보다 더 확실하게 피 맛이 느껴졌다.

A일까, B일까.

아니면 다른 혈액형일까.

미야기의 혈액형은 모르겠지만, 어떤 혈액형이라 해도 기분 좋게 핥을 수 있을 만한 것은 아니다. 하지만 내 감정 따위는 상관없는지 손가락이 나가는 일은 없었고, 혀를 상처 부위에 갖다 대자 피 맛이 더 진해졌다.

과거에 핥았던 내 피보다 더 선명하게 느껴지는 피의 맛은, 역시 맛이 없었다.

이런 일은, 미야기 외에 없을 것 같다는 생각이 들었다.

앞으로 연인이 생긴다 해도, 그 사람이 만약 손가락을 베였다고 해도 그 피를 핥지는 않을 것이다. 그 정도로 맛도 없고 위생적이지도 않다. 이런 일을 하는 것은 미야기가 처음이자 마지막이다.

나는 입안에 퍼지는 피를 삼켰다.

다른 사람의 체액이 목구멍을 통해 위로 떨어지는 느낌은 그리 유쾌하지 않았다. 항의 대신 혀를 상처 부위에 강하게 누르자 미야기에게서 괴로워하는 숨이 새어 나왔다.

그리고 또다시 녹슨 쇠 비슷한 액체가 혀를 더럽혔고, 나는 피를 그대로 삼켰다.

상처에서 흘러나오는 피는 멈추지 않았다.

지혈을 한 것이 아니니 당연하다.

피가 퍼질 때마다 입 안도, 몸 안도, 미야기에게 침식되어 가는 것 같아 소름이 돋았다.

이런 것은 좋지 않다.

건전하지 않은 명령이다.

명령을 하는 사람이 있고, 그것을 듣는 사람이 있다는 것 자체가 건전하지 않을지도 모르지만, 지금 하고 있는 일이 그다지 좋은 일이 아니라는 것만은 알 수 있었다.

그렇게 생각하면서도 나는 상처 부위에 강하게 이를 세웠다.

입안이 피 맛으로 물들어갔다.

삼키고 싶지 않은데, 미야기의 피가 목구멍을 지나갔다.

“입 벌려.”

미야기가 감정을 억누른 목소리로 말했다.

들려온 그 말을 따르지 않고 있자니, 손가락이 강제로 빠져나가며 그녀가 추궁해온다.

"사람의 피는 맛있어?"

입안에는 피 맛이 남아 있었다.

사이다보다 더 맛없고 불쾌한 액체에 입안이 뒤덮여 있는 것 같은 기분이 들었다.

"흡혈귀라면 맛있게 느꼈을지도 모르지만, 인간이라서 하나도 맛없어."

"철분 보충이야."

미야기가 무책임하게 말하고는 웃었다.

나는 사람의 피로 철분을 보충하는 취미는 없다. 내 몸의 일부가 된다면 차라리 좋아하진 않지만 간을 먹는 편이 낫다.

—그렇다.

내 안에 들어온 미야기의 피는 내 몸의 일부가 된다.

그렇게 생각하니 위 주변이 무거워졌다.

"컵 빌릴게."

미야기가 대답을 하기도 전에 빠르게 찬장을 열었다. 항상 사이다를 마실 때 사용하는 잔을 꺼내 반 정도 물을 채웠다.

꿀꺽.

입에 남은 피를 흘려보내듯 물을 마셨다.

잔을 비우고 미야기를 보니 여전히 피가 흐르는 채로 방치하고 있다.

"손 내밀어."

대답을 들을 생각은 없다. 그녀가 무어라 말하기도 전에 미야기의 손목을 잡고 피로 더러워진 손가락을 씻어냈다. 이번에는 미야기가 저항하지 않았다. 얌전히 손가락을 흐르는 물에 대고 있다.

"반창고 가져올 테니까 그대로 있어."

미야기에게 물어봤자 어차피 반창고가 어디에 있는지 제대로 알려주지 않겠지. 그렇다면 내 걸 가져오는 편이 빠를 것이다.

나는 미야기의 방으로 돌아와 가방 속에서 상처를 빨리 낫게 해주는, 좀 좋은 반창고를 꺼냈다. 탁탁 슬리퍼를 울리며 주방으로 돌아오자 미야기가 상처를 바라보고 있었다.

"자."

가져온 반창고를 내밀었다.

"안 붙여주는 거야?"

"뭐야, 붙여달라는 뜻이야?"

대답 대신 손가락을 내밀어온다.

응석을 다 받아주면 제대로 된 사람으로 자라지 않는다.

그래, 딱 미야기처럼 쓸모없는 인간이 될 것이다.

고등학생씩이나 돼서 반창고 한 장도 스스로 붙이지 못하는 아이 같은 사람이.

하지만 이것은 아마 명령의 일환이겠지.

그렇게 생각하고 반창고를 상처 부위에 붙여주었다.

“오늘은 밥 해놨어?”

기능적이지만 귀엽지 않은 반창고에서 나온 쓰레기를 버리면서 미야기에게 물었다.

“있어.”

“그럼 저쪽에 앉아 있어.”

“양배추는?”

“내가 직접 썰 테니까 됐어.”

서두를 필요는 없었지만 양배추를 써는 걸로 시간이 늘어지는 것도 싫었고, 또 손가락을 베여도 귀찮았다.

나는 주방에서 미야기를 쫓아내고 닭고기를 튀기면서 양배추를 썰어나갔다.

묻지도 않고 접시를 꺼내서 그 위에 담는다.

카운터 테이블 위에 밥과 함께 접시를 놓았다. 나란히 앉아 잘 먹겠습니다, 하고 소리를 맞춘 뒤 옆에서 미야기가 심드렁한 얼굴로 닭튀김을 입에 넣었다.

한 입, 두 입.

그녀의 표정은 변하지 않는다.

“맛없어?”

물어보자 바로 답이 돌아왔다.

“맛있어.”

만든 음식을 맛있다고 말해주는 것은 기쁘다.

그런데 맛있는 걸 맛없게 먹는 인간은 처음 봤다.

"센다이."

"응?"

"이런 걸 하는 이유가 뭐야?"

"아까도 말했지만, 지금까지 저녁 식사를 대접해준 보답이야."

"이젠 안 해도 돼."

맛있다고 했던 입으로, 미야기가 차갑게 말했다.

"닭튀김 싫어해?"

"좋아하든 싫어하든, 만들지 않아도 괜찮아."

학교에 있는 미야기는 부정적인 감정을 드러내는 타입으로는 보이지 않았다. 가끔 눈에 들어오는 그녀는 친구들과 즐거운 얼굴로 이야기를 나누거나 웃고 있었다. 나와 대화할 때와는 큰 차이이다. 자신의 영역인 자택이라는 환경이 그렇게 만드는 것인지, 나와 있는 미야기는 몹시 불안정해 보였다.

그렇다고 해서 그만큼 마음을 내어주는 것도 아니다.

무슨 생각을 하는지 알 수 없는 인간이 무슨 생각을 하고 있는지는 알아내려 해봤자 피곤해질 뿐이다. 게다가 비위를 맞추는 상대는 우미나 한 명으로 족하다.

"미야기는 요리 안 해?"

나는 화제를 전환해 가라앉은 공기를 바꾸기로 했다.

NOVEL
일주일에 한 번 클래스메이트를 사는 이야기 1권
발매 기념 초판 한정 특전
[NOT FOR SALE]
©Usa Haneda, U35 2023 / KADOKAWA CORPORATION

"못해도 곤란한 일 없어."
"요리 알려줄까?"
"안 만들 거니까 됐어."
"그래?"
그렇겠지.
그렇게 말할 줄 알았다.
무리해서 요리를 알려주고 싶은 것도 아니었기에 대화는 거기서 끝내고 닭튀김에 집중했다.
내가 만들었지만 맛있다.
미야기는 아무 말 없이 테이블 위에 차려진 저녁을 뱃속에 담아 나갔다. 만드는 데 걸린 시간에 비해 금방 식사가 끝나고 미야기의 방으로 가자, 괴롭힘이나 다름없는 소설 낭독을 명령받았다. 길게 이어진 문장을 소리 내어 계속 읽기를 몇 십 분.
당연히 끝까지 다 읽을 수는 없었다. 저녁 식사를 포함해 3시간 정도 미야기의 집에서 지내고 맨션을 나왔다.
그로부터 며칠 후 그녀에게 불려갔지만, 요리를 만들어 달라는 말을 듣지도 않았고 내가 나서서 만들지도 않았다. 다만 함께 식사는 했다. 화이트데이 후에도 저녁을 같이 먹었지만 답례 는 없었다.
오늘도 미야기에게 불려가 평소와 같은 시간을 보낸 뒤, 다녀왔다는 말에 대답이 없는 집으로 돌아가 오천 엔짜리 지폐를 저금통에 넣었다.

나는 미야기에게 무엇을 기대하고 있는 것일까.

서랍장 위에 올려놓은 저금통을 들어보니, 무겁지도 가볍지도 않았다.

◇ ◇ ◇

한겨울에 비하면 팬히터의 온도는 낮게 설정되어 있다.

그럼에도 미야기의 방은 더웠다.

내일부터 봄 방학이니 계절로 보면 봄이라고 해도 좋았다. 그렇게 생각하면 팬히터의 설정 온도는 조금 더 낮춰도 좋지 않을까. 하지만 미야기는 블레이저를 벗지도 않고 만화책을 읽고 있었다.

추위를 너무 타잖아.

딱 좋다고 느끼는 온도가 너무나 다른 두 사람이 같은 방에 있다면, 어느 한쪽이 양보할 수밖에 없다. 보통의 경우 손님인 내가 우선시 되겠지만, 나는 손님이 아닌 모양인지 언제나 미야기의 취향이 우선시되고 있었다.

그것은 상관없다.

하지만 이미 블레이저를 벗은 나에게는 더 벗을 것이 없었다. 블라우스의 맨 위 단추는 여기 오기 전에 이미 풀어 두었다. 나는 침대에서 내려와 사이다를 집어 들었다. 테이블에는 팝콘 봉지도 놓여 있다.

평소에는 사이다밖에 없는데 별일이다.

좋아하지 않는 탄산으로 목을 축인 뒤 블라우스 단추를 하나 더 풀었다. 그리고 팝콘 봉지 안에서 하얀 덩어리를 두 개 꺼내 입안에 집어넣었다.

"봄 방학 때 어디 안 놀러가?"

만화책을 읽는 미야기 옆에 앉아 그렇게 물었지만 대답이 없다.

내가 여기 왔을 때부터 그녀는 기분이 좋지 않았다. 그렇기보단 요즘 계속 기분이 안 좋아 보였다. 정확히 말하면 닭튀김을 만든 날부터 기분이 가라앉아 있다.

그날의 일이 원인이라면 미야기의 속이 너무 좁다고 생각한다. 고양이 이마[#1]는커녕 쥐 이마만큼이나 좁다.

나는 미야기의 손에서 만화책을 집어 들고 검을 든 남자아이가 그려진 표지를 넘겼다. 몇 페이지 읽는데 옆에서 가시 돋친 목소리가 들려왔다.

"센다이는 예정 있어?"

"음, 우미나 일행이랑 놀러가겠지. 나머지는 입시학원."

"겨울 방학 때도 입시학원 가지 않았어?"

"갔었지."

4월이 되면 3학년이 되고 수험생이 된다.

#1 고양이 이마 일본에는 「면적이 좁다」는 뜻으로 고양이 이마라는 표현이 있다.

가야 할 길은 정해져 있다.

훌륭하게 자란 언니의 뒤를 따른다.

다만 그렇게 할 수 있을 것 같지는 않았다. 두 살 위인 언니는 아주 머리가 좋은 사람들만 갈 수 있는 대학에 다닌다. 부모님이 원하는 것은 언니와 같은 수준의 대학에 가는 것이었기에 원래라면 지금도 입시학원이나 학원에 다녀야 했다. 그것을 다 무시하고 놀러다니고 있으니, 방학 때 입시학원 정도는 다니지 않으면 집에서 쫓겨날지도 모른다.

"센다이는 공부를 좋아하나보네."

"그 정도로 좋아하진 않아."

미야기의 눈에 내가 어떻게 비치고 있는지는 모르지만, 방금 한 말은 사실이다. 옛날에는 공부를 좋아했지만, 부모님이 언니와 비교하기 위한 도구로 쓰게 되면서 딱히 좋아하지는 않게 되었다.

"미야기는 아무데도 안 가?"

"친구랑 외출해."

"우츠노미야랑?"

나는 그녀와 항상 같이 있는 반 친구의 이름을 말했다.

미야기보다 더 긴 머리를 뒤로 묶고 성격도 원만해 보이는 그녀는 미야기와 마찬가지로 눈에 띄지 않아 교실에서는 반 친구들 사이에 파묻혀 있었다. 서점에서 미야기와 만난 그날, 이 방에 오지 않았다면 내가 우츠노미야의 이름을 입에 올리는 일도 없었을지 모른다.

"맞아."

미야기가 짧게 대답하고 나에게서 만화책을 가져갔다. 그리고 절반보다 조금 더 뒤쪽 페이지를 펼친다.

대화는 끝.

말로 표현하지는 않았지만 만화에서 고개를 들지 않는 미야기를 보면 알 수 있다. 한가해진 나는 팝콘을 집어 입으로 가져갔다.

버터나 캐러멜…… 팝콘을 먹는다면 그런 맛이 더 좋은데, 이 방에 있는 것은 일반적인 소금맛이다. 미야기답다고 하면 미야기답지만 뭔가 부족하다. 그래도 시간을 때우기 위해 팝콘을 하나 더 집어 들자 미야기에게 손목을 잡혔다.

"뭐야?"

"먹여줄게."

시작됐다.

「명령」이라는 말을 듣지 않아도 생긋 웃고 있는 미야기를 보면 「명령 놀이」가 시작되었다는 것을 알 수 있지만, 앞으로 일어날 일에 썩 좋은 예감은 들지 않았다.

미야기가 팝콘 봉지를 잡더니, 손바닥 위에 내용물을 툭툭 올려둔다.

"자. 이쪽으로 와."

그렇게 말하며 그녀가 내 앞에 내민 것은 적당한 양의 팝콘이 올라간 왼손이었다.

—어렴풋이.

어렴풋이 무엇을 요구하려는 것인지 예상이 갔다. 하지만 나는 머릿속으로 그것을 지우고 그녀의 손에 있는 팝콘을 하나 집어 들어 입안에 집어넣었다.

"손은 사용하지 말고 강아지처럼 먹어."

입안에 있는 것을 채 씹기도 전에 그런 명령이 떨어졌다.

역시 그런 거였나.

이것을 위해 평소에는 없던 과자가 있었던 건가, 하고 납득이 갔다. 개처럼 순종하라는 말을 듣는 편이 낫겠다고 생각한 적도 있지만, 정말 개가 되라는 말을 들으면 기분이 그리 유쾌하지는 않았다. 그래도 명령은 명령이었으니 나는 순순히 말을 들었다.

그녀 쪽으로 몸을 돌린 뒤 얼굴을 손바닥에 가까이 대고 팝콘을 입술로 집었다.

손을 쓰지 않고 한 알, 한 알.

입안에 넣으며 먹었다.

실제로 미야기의 손에서 팝콘을 먹어보니 개보다는 비둘기라도 된 기분이었다. 이런 짓을 하는 것이 재미있는 건가 싶어 고개를 들자, 미야기도 미묘한 얼굴을 하고 있었다.

"다 먹어."

그러자 재촉하듯 내 앞머리를 잡아당긴다.

아무리 시시한 명령이라도 그만둘 생각은 없어 보였다.

나는 인간의 손에서 빵 부스러기를 받아먹는 비둘기처럼 팝콘을 쪼아 먹었다. 이따금 비둘기라고 믿고 있는 나에게 너는 강아지라고 알려주듯이 미야기의 손이 머리를 쓰다듬어 왔다. 지독하리만치 바보 같은 짓을 하는 기분이었지만, 나는 남아 있던 팝콘을 남김없이 모두 먹어치웠다.

마지막으로 손바닥을 핥았다.

움찔 하고 손이 떨리고, 미야기가 팔을 빼려고 했다.

강아지처럼, 이라고 말한 것은 그녀다.

나는 도망치려는 손을 잡아 다시 한번 강하게 혀를 꾹 눌렀다. 손가락 뿌리부터 손바닥 중간쯤까지 천천히 핥자 팝콘과 똑같은 맛이 났다.

"다음에는 캐러멜 맛이면 좋겠어."

본인이 요구한 대로, 강아지처럼 그녀의 손을 핥은 뒤 그런 요청을 했다.

"다음은 없어."

미야기는 그렇게 말하며 악어 커버가 달린 티슈 상자에서 흰 종이를 뽑아 손바닥을 닦았다. 꾸깃꾸깃해진 티슈는 동그랗게 말려 휴지통으로 날아갔다. 그리고 그녀는 예고도 없이 내 넥타이를 붙잡았다.

뭘 하는 건가 싶어 자세를 바로하자, 넥타이가 풀렸다. 망설임 없이 블라우스 단추도 하나 풀자, 나도 모르게 그녀의 손을 뿌리쳤다.

"잠깐, 이런 건 룰 위반이잖아. 난 미야기랑 그런 관계가 될 생각은 없어."

블라우스의 단추는 두 개가 이미 풀려 있던 탓에 미야기로 인해 가슴팍이 벌어져 있었다. 보여줘도 닳는 것은 아니지만, 세 번째 단추를 풀 수 있는 사이는 아니다.

"넥타이만 풀었는데 그런 관계라니, 생각이 지나쳐."

그럴 마음은 조금도 없다는 투로 미야기가 말했다. 하지만 넥타이를 풀린 데다 단추까지 풀린 상황에서 그런 생각을 하지 않을 수 없었다.

"그럼 뭘 할 건데?"

내 물음에 대한 답은 예상보다 더 거칠게 나왔다.

미야기는 내가 땋아둔 머리를 풀더니 난폭하게 어깨를 밀었다.

그녀는 힘 조절이라는 것을 잊고 사는 사람 같았다.

전에 손가락을 깨물었을 때도 깜짝 놀랄 정도로 강한 힘이었지.

지금도 중심을 잃고 바닥에 쓰러질 정도로 강하게 밀쳐졌다.

"아얏."

침대라면 그나마 낫겠지만 쿠션이 될 만한 것도 없는 마룻바닥 위로 밀쳐진 탓에 팔과 등에 통증이 느껴졌다. 거기에 더해 미야기가 내 위에 올라타기까지 해서 몸을 일으킬 수도 없었다.

"역시 그럴 생각이잖아."

나는 그녀를 밀쳐내려고 했다.

"아니야."

유난히 차가운 목소리에 미야기를 바라봤다. 그녀는 욕정하는 얼굴도, 망설이는 얼굴도 하고 있지 않았다.

그럼 자신은 이제부터 무슨 짓을 당하는 걸까.

그렇게 냉정한 얼굴을 한 미야기가, 테이블에 손을 뻗었다.

어?

미야기가 손에 쥔 것은 팝콘 봉지였고—.

다음 순간, 내 얼굴에 하얀 것이 떨어졌다.

다시 말해, 팝콘을 뿌린 것이다.

"잠깐, 미야기!"

얼굴도, 머리도, 블라우스도 팝콘 범벅이 되었다.

이게 뭐야, 이게 뭐야, 이게 뭐냐고.

"장난이 지나친 것 같은데?"

나는 미야기의 넥타이를 잡았다.

머리에는 나름대로 공을 들이고 있다. 트리트먼트도 저렴하지 않은 것을 쓰고 있고, 드라이기도 음이온이 나오는 비싼 것을 쓰고 있었다.

떨어진 것이 팝콘 형태를 한 알갱이 뿐이었다면 그나마 나았을 것이다. 미세한 부스러기나 가루는 도저히 참을 수 없었다. 머리카락에 엉망으로 섞여서, 너무나도 최악인 상황에 화가 치밀었다.

“장난친 게 아니야. 팝콘을 더 먹여주려고.”

표정 하나 바꾸지 않은 채 미야기가 이리저리 떨어진 팝콘 중 하나를 집어 내 입에 밀어 넣었다. 짜증을 드러내듯 입안으로 들어온 손가락을 깨물며 팝콘을 먹자 미야기가 테이블 위에 있던 잔을 들었다.

“……거짓말.”

얼굴 위에서 사이다가 흔들렸다.

미야기가 옅게 웃었다.

잔이 기울어지고, 나는 무심코 눈을 감은 뒤 넥타이를 잡고 있던 손을 놨다. 얼굴을 가리자 빗방울이 떨어지듯 손등이 젖어들었다. 눈을 뜨고 잔을 보니 텅 비어 있었다.

“너무하잖아, 이건.”

자연히 목소리가 낮아졌다.

“센다이도 화낼 때가 있구나.”

나도 사람이다.

평소 화를 내지 않는 것은 참고 있는 것뿐이다.

“이러는데 화내지 않는 게 이상하지.”

"상냥하다고 생각하는데."

"대체 어디가?"

"블레이저도 넥타이도, 스커트도 전부 멀쩡하니까. 블라우스는 쉽게 세탁할 수 있고. 게다가 내일부터 봄 방학이니까 곤란하지도 않잖아?"

"……처음부터 이럴 생각이었다는 거야?"

대답하지 않고 미야기가 일어섰다.

나도 무게감이 사라진 몸을 일으켜 팝콘을 털어냈다.

듣고 보니 교복에서 젖은 것은 블라우스뿐이다. 그렇다고 해도 남에게 팝콘을 뿌리거나 사이다를 쏟아도 된다는 뜻은 아니다. 불평 하나는 고사하고 백 개 정도는 해야 직성이 풀릴 것 같았다. 하지만 내가 입을 열기도 전에 수건과 긴소매 티 한 장이 날아왔다.

"그거 입어. 줄게. 돌려주지 않아도 돼."

그렇게 말하고 미야기가 방을 나갔다.

불평을 쏟아낼 상대를 잃어버린 나는 블라우스를 벗고 사이다로 젖은 손과 머리카락을 수건으로 닦았다. 던져진 옷을 보니 미야기의 사이즈보단 조금 더 커서 나도 입을 수 있어 보였다.

입고 싶지 않다.

미야기가 한 짓을 떠올리며 그렇게 생각했지만, 이미 젖어버린 블라우스를 다시 입을 수도 없었다. 어쩔 수 없이

미야기의 옷으로 갈아입자 문이 열렸다.

"배웅해 줄게."

멋대로 내가 돌아갈 것이라고 판단한 미야기가 젖은 블라우스를 담기 위한 봉투를 손에 들고 말했다.

이런 때에도 의리 있게 배웅을 해주겠다는 그녀의 정신 상태가 심히 의심스러웠다. 하지만 처음부터 미야기는 이상한 녀석이었다. 같은 반 아이에게 명령 놀이라는 말도 안 되는 걸 들먹였던 시점에서 제대로 된 인간이 아니었으니, 그녀는 원래 이런 인간임을 이해해야 한다고 생각했다.

어차피 불평해봤자 본인이 하고 싶은 대로 할 것이고, 개선을 기대할 순 없었다.

아니, 개선을 기대하는 것은 아니다.

명령을 내리는 쪽과 받는 쪽.

거기에 오천 엔이라는 것이 끼어 있으니 이런 날도 있다. 그렇게 생각하고 납득하는 편이 편할 것이다. 하지만 뭔가 석연치 않은 기분이 들었다.

"센다이."

재촉하는 말을 듣고 코트를 입었다. 그리고 평소처럼 둘이서 미야기의 집을 나와 엘리베이터를 타고 입구까지 걸어갔다.

"안녕."

내가 「다음에 보자」라는 인사를 하기도 전에 미야기가 먼저 말하고는 등을 돌렸다.

"이거, 꼭 돌려줄게."

미야기의 등에 대고 외쳤다.

블라우스는 미야기에게 더럽혀졌다. 하지만 준다는 말에 「네 알겠습니다」 하고 순순히 옷을 받고 싶진 않았다. 돌려줘야 할 것은 돌려준다.

내일이면 봄 방학이고, 다음에 미야기를 만나는 것은 4월이다.

하늘을 올려다보니 별이 여러 개 보였다.

바람은 없고, 3월치고는 따뜻하다.

별을 선으로 연결하면 별자리를 찾을 수도 있었다.

아무 일도 없었다면 좋은 밤이었을 거라 생각한다.

하지만 오늘 벌어진 일을 떠올리자 최악의 밤이라는 생각밖에 안 들었다.

그리고 집에 돌아오니 책상 위에 팸플릿이 자리 잡고 있었다. 그것도 하계 한정도 동계 한정도 아닌, 4월부터 수험이 끝날 때까지 아주 오랜 시간 다녀야 하는 입시학원의 팸플릿이었다. 마음이 가라앉았다.

가고 싶지 않아.

나는 커다란 한숨을 내쉬었다.

제5화
센다이는 허물이 없다

후회하고 있느냐, 후회하고 있지 않느냐 중 하나를 고른다면 후회하는 쪽을 택한다.

센다이와 마지막으로 만났던 날에 대해, 그 정도의 생각은 갖고 있었다.

그날 팝콘과 사이다 범벅이 되었던 센다이는 드물게 화를 냈다. 명령에 내키지 않는다는 표정을 짓거나 불쾌함을 드러낸 적은 있었지만, 그렇게 노골적으로 화를 낸 적은 없었다.

하지만 그것이 내가 원했던 결과다.

나는 센다이가 늘 누워 있는 침대 위에서, 그녀처럼 드러누운 채 가늘고 긴 한숨을 내쉬었다.

사람한테 그런 짓을 한 것은 처음이었다.

지금까지 한 번도 누군가를 팝콘과 사이다 범벅으로 만든 적은 없었다. 하고 싶다고 생각한 적도 없었다.

그런 짓은 하지 말 걸 그랬다.

몇 번이고 그렇게 생각했다.

그런 짓은 할 수밖에 없었다.

몇 번이고 그렇게 생각하려 했다.

봄 방학이라며 들뜰만한 예정이 없어서인지, 평소였다면 생각하지 않았을 일들만 자꾸 머릿속에 떠올라 우울해졌다. 학교에라도 있었다면 나름대로 해야 할 일들에 파묻혀 사라졌을지도 모르는 감정인데, 봄 방학엔 그렇게 되지 않았다.

조금이라도 기분을 띄워볼까 하는 마음에 평소 같으면 센다이에게 냈어야 할 오천 엔으로 만화책을 사 왔지만, 전혀 진도가 나가지 않았다. 머릿속에 그림도 글자도 들어오지 않은 채, 지금은 그저 페이지를 넘길 뿐인 장식이었다.

나는 위를 보고 누운 채 창문을 통해 들어오는 부드러운 햇살에 손을 가져갔다.

센다이에게 부탁받아 양배추를 썰었던 날, 식칼에 베인 상처는 아물었다. 베였을 땐 아팠고, 센다이에게 물렸을 때는 더 아팠으니 나아서 다행이라고 생각했다.

다만 내 손가락에 생긴 상처가 사라진 뒤에도, 내 피를 핥았던 센다이가 그때 어떤 생각을 하고 있었을지는 궁금했다.

근데 그것은 아무리 생각해봐도 알 수 없었다.

센다이에 대해 아는 것이라면 학교에서의 이미지와는 동떨어진 행동만 하고 있다는 것 정도였다.

남의 명령 따위는 듣지 않아도 잘 살 수 있을 것 같은데,

이 방에서 나의 명령을 듣고 있다. 귀여운 반창고를 가져올 줄 알았는데 기능성이 뛰어나고 귀엽지 않은 반창고를 가져왔다. 붙임성을 장착한 석고상처럼 미소를 찰싹 붙이고 있는 학교와는 달리, 한심하고 남을 배려하지도 않고 자기 멋대로 이 방을 쓰고 있었다.

애초에 그녀는 거리감도 이상했다.

허물없는 태도로 남의 사정을 무시하고 다가온다.

당연하게 내 일상에 파고들었다.

그래서— 마음에 들지 않았다.

"이런 건, 마치 친구 같잖아."

몸을 일으켜 무릎을 끌어안았다.

발끝을 쓰다듬으며 숨을 내쉬었다.

센다이는 같은 반에 있어도 대화 한번 나누지 않았던 나의 다리를 핥았다. 싫으면 하지 않는다는 선택지도 있었을 텐데, 더는 내 방에 오지 않는다는 선택지도 분명 있었을 텐데 그 어느 쪽도 선택하지 않았다. 필요할 것 같지도 않은 오천 엔을 받기 위해 내 집에 계속 다녔고, 내가 봄 방학 전날 한 짓을 후회하게 만드는 나날을 보내게 만들었다.

사람 좋아 보이는 얼굴만 하는 그녀에게서, 학교에서는 볼 수 없는 얼굴을 본다.

그뿐이었을 텐데, 어쩌다 이렇게 됐을까.

나는 손을 뻗어 바닥에 쌓아둔 만화책 중에서 한 권을

꺼냈다.

"왜 2권이야?"

아직 1권을 읽지 않았다.

위에서부터 다섯 권을 들어올려 1권을 찾았지만 그 어느 것도 1권이 아니었다. 나는 만화책을 내던져두고 스마트폰을 집어 들었다. 채팅 어플을 실행하자 센다이의 이름이 눈에 들어와 시선을 피했다.

"그러고 보니, 마이카는 뭐 하고 있을까."

봄 방학에는 학원에 다닌다고 했으니 아마 지금도 학원에 있을지도 모른다. 그저께 만났을 때는 학원에서 돌아오는 길이었다. 답장이 올지 안 올지는 모르겠지만, 누군가와 무언가를 한다면 제일 먼저 연락하는 것은 마이카였다. 『시간 있어?』라는 한마디뿐인 메시지를 보냈다.

아니나 다를까 답장은 오지 않았다.

머리에 센다이의 얼굴이 떠올랐다.

지금은 봄 방학이었기에 그녀를 불러낼 수 없었다.

둘이서 만나는 것은 학교가 있는 날뿐이고, 쉬는 날은 만나지 않는다. 하지만 연락을 하지 않는다는 약속은 하지 않았다. 그러니 메시지를 한두 개 보낸다 해도 규칙을 어기는 것은 아닐지도 모른다. —하지만 룰이 없다 해도 나는 센다이에게는 연락할 수 없었다. 스스로 연락하지 못하게 만들었다.

내가 봄 방학 전날 한 짓은 바로 그런 것이었다.

그런 짓을 해놓고 센다이에게 메시지를 보낼 수 있을 리가 없다. 애초에 나는 공통점이 없는 그녀에게 보낼 만한 말을 갖고 있지 않았다.

내가 메시지를 보내지 않으면 그녀는 이 집에 오지 않는다.

지금까지 그녀가 먼저 메시지를 보냈던 적은 없다.

화면으로 시선을 떨어뜨렸다.

아무에게서도 메시지가 오지 않는다.

아무 일 없어도 칼에 베인 상처가 사라져 없어진 것처럼, 언젠가는 센다이와의 관계도 사라져 없어질 것이다. 그것은 내일일 수도 있고 1년 후일 수도 있지만, 끝나지 않는 관계는 아니다. 언젠가 반드시 센다이는 내 방에 오지 않게 될 것이다.

우리의 관계는 오천 엔이 없으면 성립되지 않지만, 센다이는 돈이 부족한 것은 아니었으니 그녀가 이 관계에 질리면 끝이다.

처음부터 약속에 기한은 없었다. 오래 갈 수도 있었겠지만 짧은 약속으로 끝나버릴 수도 있는, 딱 그 정도의 관계였다. 시작되었을 때처럼 변덕스럽게 끝이 난다 해도 이상할 것은 없다.

그래서 나에게는 팝콘과 사이다가 필요했다.

센다이를 화나게 해서 내 방에 오고 싶지 않게 만들어야

했고, 스스로에게도 더는 그녀를 불러낼 구실을 없앨 필요가 있었다.

화면을 아래로 돌린 채 스마트폰을 침대에 내려두었다.

어린 시절, 엄마도 어느 날 갑자기 사라졌다.

부모 자식의 관계는 뚝 끊어진 채 지금도 이어지지 않고 있다.

친엄마조차 아이를 깨끗하게 버리고 도망갈 수 있으니, 타인인 센다이가 3학년이 되고, 환경이 바뀌면서 더는 이 방에 오지 않는다고 해도 이상한 일은 아니다.

기다려도 오지 않는 누군가를 기다리는 매일은 사양이었다.

센다이가 이 방에 오고 싶지 않다고 생각하는 이유와 내가 그녀를 불러내지 못할 이유가 있다면, 기다리는 행위는 필요하지 않게 된다.

나름대로의 이유가 있다면 센다이가 언젠가 이 방에 올지도 모른다는 기대를 하지 않을 수 있다. 언제부터 센다이가 이 방에 오지 않게 될까 겁낼 필요도 없다.

팝콘과 사이다는 그것을 위해 쓰였고, 나는 봄 방학이 오기 전 나와 센다이를 이어주는 실을 내 손으로 잘랐다. 그리고 센다이가 이 방에 오지 않는 이유와 센다이를 이 방에 부르지 못하는 이유를 손에 넣고, 그녀를 기다린다는 불필요한 선택지를 지웠다.

하지만 내가 실제로 손에 넣은 것은 조금도 개운하지 않은 봄 방학이다.

센다이가 이 방에 있던 시간이 너무 길었던 탓에, 그녀를 다시 이곳에서 만나고 싶다는 생각이 들었다. 허물없이 굴던 센다이는 방과 후가 아닌 지금도 내 머릿속에서 그 존재를 계속 주장하고 있었다.

단순한 심심풀이였을 텐데.

약간의 기분 전환이었을 텐데.

바닥에 앉으면 여기서 초콜릿을 먹었지, 숙제를 했었지, 침대 위에 있으면 여기서 뒹굴며 만화책을 보고 있었지, 뒹굴뒹굴하며 누워 있었지, 그런 여러 가지 생각이 떠올라 결국 그녀 생각만 하게 된다.

이렇게 된 것은 전부 센다이 때문이다.

상처가 사라진 손가락을 쓰다듬었다.

손가락을 핥아 봐도 피 맛은 나지 않았다.

나는 침대에서 내려와 쌓아둔 만화 옆에 앉았다.

손에 잡히는 대로 한 권을 집어 페이지를 넘기고 있는데 마이카에게서 『학원이야.』라는 답장이 돌아왔다.

『끝나면 영화 보러 갈래?』

『내일도 괜찮아?』

『당연하지.』

집에 있으니까 기분이 울적해졌다.

밖에 나가면 기분 전환도 되고, 마이카와 함께 있는 것은 즐겁다.
3학년이 되어도 같은 반이라면 좋겠다.
센다이와도—.
아니.
그녀와 같은 반이 되어봤자 무슨 소용인가.
센다이는 화가 났고, 내 방에는 더 이상 오지 않을 것이다. 이미 그렇게 되어 버렸으니 그녀를 생각하는 것은 쓸데없는 일이다. 그렇게 생각하는데도, 그녀를 머리에서 쫓아낼 수가 없었다.
예를 들어, 만약 같은 반이 된다면 평소대로 그녀를 불러낸다.
다른 반이 되면 거기서 끝.
그런 식으로 정해놓으니 조금은 마음이 가라앉았다.
불러내봤자 센다이가 더는 이곳에 올 일은 없을 텐데.
가슴속이 시끄러웠다.
하지만 지금은 어쩔 수 없다.
『어디서 만날래?』
마이카에게서 메시지가 도착했다.
나는 그저께와 같은 장소를 타이핑해 보냈다.

◇◇◇

봄 방학은 그리 길지 않다.

언제나 눈 깜짝할 사이에 끝나버린다.

그런데도 올해는 지독하게 길게 느껴졌다. 평소와 다름없는 방학을 보냈을 텐데, 시간이 좀처럼 가지 않았다.

멀었던 4월이 다가오며, 새 학기가 되었다.

3학년이 된 나는 조금 긴장하고 있었다.

학교로 향하는 발걸음이 무겁다.

교내에서 센다이와 대화를 나눌 일은 없겠지만, 그녀와 만났을 때 어떤 얼굴을 해야 좋을지 알 수 없었다. 4월이 됨과 동시에 반도 바뀔 테니 그녀의 얼굴을 볼 수 있을지 어떨지도 모른다.

나는 마음을 진정시키지 못한 채 어수선한 마음을 느꼈다.

새로운 반은 계단 앞에 붙어 있는 명단을 보면 알 수 있었다.

교문을 지나 조금 걸어가자 인파 너머로 그리 크지 않은 흰 종이가 보였다. 눈에 띄지 않게 심호흡을 한 뒤 명단을 확인하자, 아는 이름과 모르는 이름 사이에 섞인 자신의 이름을 찾을 수 있었다. 하지만 그곳에 센다이의 이름은 없었다.

기대하고 있었던 것은 아니다.

실망 같은 것은 안 했다.

속으로 그렇게 중얼거리며, 지금은 졸업하고 없는 선배들이 있던 학교 건물로 향했다. 새로운 반의 문을 열자, 봄방학 동안 몇 번이나 만난 마이카가 있었다.

"시오리, 이쪽이야!"

내 이름을 부르는 마이카에게 손을 들어 화답하고 그녀가 앉은 자리로 걸어갔다. 나보다 길고 센다이보다 짧은 머리를 하나로 묶은 마이카는 봄 방학과 별반 다르지 않았다. 센다이가 할법한 메이크업도 하지 않은 그녀의 모습에 남모르게 안도했다.

"안녕."

"안녕, 시오리랑 다른 반이 되면 어쩌나 걱정했는데."

"나도."

"봤어? 올해는 아미도 같은 반이야."

1학년 때는 같은 반이었지만, 2학년이 되면서 반이 갈렸던 시라카와 아미의 이름도 명부에 나란히 있었다. 또다시 같은 반이 된 기쁨을 나누기 위해 그녀의 모습을 찾았지만 보이지 않았다.

"봤어. 아미는 아직 안 왔나?"

"아직인가 봐."

"그렇구나."

아미가 없다면 교실 안에서 찾아야 할 사람은 더는 없

다. 그런데도 내 눈은 센다이의 모습을 찾으려 하고 있었다. 하지만 찾을 수 있을 리가 없다. 명단에 이름이 없었으니 있으면 오히려 이상하다.

"오, 누구 같은 반 되고 싶었던 애라도 있어?"

두리번거리며 교실 안을 둘러보던 나를 따라하듯 마이카가 주변 자리를 둘러보았다.

"없어."

"에이, 지금 누군갈 찾았잖아. 혹시 좋아하는 사람이랑 같은 반 된 거야?"

마이카가 놀리듯이 말했다.

"그런 것도 아니고 그런 사람도 없어. 어떤 애들이 있나 궁금해서 그냥 보고 있던 것뿐이야."

"수상하네~."

"수상하지 않다니까."

의심의 눈초리로 바라보는 마이카에게 「정말 아무것도 아니야」라며 다시 한번 못을 박고 작게 숨을 내쉬었다.

—다른 반이 되면 센다이와는 거기서 끝.

봄 방학에 떠올린 「작은 내기」에 따라야겠지.

센다이가 우리 집에 오게 된 것은 그저 우연에 변덕이 더해진 결과일 뿐이다. 우연도 변덕도 오래 지속되는 것은 아니었기에, 반 배정으로 끊어내는 것이 맞았다. 팝콘과 사이다는 그것을 위해 존재한 것이다.

조금 우울한 기분이 드는 것은, 그동안 당연하게 있었던 얼굴이 교실에 없어서 그런 것뿐 깊은 의미는 없었다. 안 좋은 일도 아니었으니 센다이를 호출할 이유가 되지 않았고, 나는 그녀를 호출할 수 없었다.

새 교실에 아미가 들어왔고, 얼마 지나지 않아 선생님이 들어왔다. 잠이 올 것 같은 이야기를 듣고 개학식을 마치자 새 학기 시작일은 금세 끝이 났다.

마이카와 아미가 어딘가에 들렀다 가자고 했지만, 둘의 권유를 거절하고 곧장 집으로 돌아갔다.

나는 교복을 입은 채로 침대에 누워 스마트폰을 보았다. 얼마 안 되는 번호 중에 센다이의 연락처는 아직 남아 있었다. 하지만 더는 쓸모가 없었다.

그녀도 분명 반이 갈린 나에 대해서는 금세 잊을 것이다. 따끔따끔, 욱신욱신, 가슴 언저리를 찌르는 무언가를 무시하고 있으려니 시간은 알아서 잘도 흘러갔다.

1학기가 시작되고 며칠이 지나자 안 좋은 일이 몇 번 있었다. 나도 모르게 스마트폰으로 손이 갔지만, 그뿐이다. 금세 스마트폰을 보지 않게 되었다.

다른 반이 되면 멀어지는 일은 자주 있는 이야기다.

센다이가 내 방에 오지 않게 된 이유는 찾으려면 찾을 수 있었고, 애초에 자신이 먼저 그녀를 멀리했다. 그러니 이 결과에 납득하고 있고, 기다리지 않았다.

며칠이 더 지나고, 이 방에 처음 온 그녀에게 읽게 했던 만화책을 집어 들었다.

그날 만화책을 술술 읽어나가는가 싶었는데 무서울 정도로 국어책 읽기였던 것이 떠올랐다. 책장 앞에서 팔랑팔랑 책장을 넘기다 보니 이 대사의 목소리는 작았었지, 이건 말하기 힘들어했지, 하는 기억도 되살아났다.

나는 한숨을 쉬며 침대에 걸터앉았다.

만화책을 덮고 베개 옆에 두자, 인터폰이 울렸다.

택배가 올 예정은 없고, 누가 찾아올 예정도 없다. 그렇다는 것은 현관에 있는 사람은 세일즈맨 부류일 것이다. 굳이 나갈 만한 일은 아니라는 생각에 내버려두고 TV를 켜는데, 인터폰이 계속해서 울렸다.

끈질기네.

입구의 모습을 모니터로 굳이 확인할 마음도 들지 않았다. 그대로 텔레비전의 볼륨을 높이자 이번에는 스마트폰이 울렸다. 그것은 메시지를 알리는 소리였고, 나는 테이블 위에서 스마트폰을 들었다. 화면을 보니 센다이의 이름과 메시지가 표시되어 있었다.

『인터폰 받아. 안에 있잖아?』

메시지의 내용을 보고 인터폰을 울린 인물이 센다이라는 것을 알았다.

무심코 인터폰의 모니터에 시선을 향했다가 다시 스마트

폰을 바라보았다.

내가 먼저 메시지를 보내고, 센다이가 그것에 답장한다.

그렇게 서로 정했던 것은 아니지만, 그것이 어느새 규칙처럼 자리잡아 있었다. 그래서 지금까지 내가 보내기 전에 그녀가 먼저 메시지를 보내왔던 적은 없었고, 멋대로 찾아온 적도 없었다. 멍하니 스마트폰 화면을 보고 있자 새로운 메시지가 도착했다.

『볼일 있으니까 인터폰 받으라고.』

메시지를 못 본 척하고 스마트폰을 놓자 또다시 인터폰이 울렸다. 초등학생 장난처럼 수차례 벨이 울리고, 나는 TV를 끄고 몸을 일으켰다. 인터폰 앞까지 가서 모니터를 보니 센다이의 모습이 비치고 있었다. 다만 부르지도 않은 그녀가 굳이 여기에 올 만한 용무로 짐작이 가는 것이 없었다.

"뭐 하러 왔어?"

인터폰 너머로 말을 걸었다.

"스마트폰 봤지? 여기 문 좀 열어줬으면 좋겠는데."

오랜만에 듣는 센다이의 목소리에 두근, 심장이 울렸다.

하지만 그녀를 위해 문을 열어줄 마음은 없었다.

"싫어."

"돌려주고 싶은 게 있으니까 열어."

"돌려주고 싶은 거?"

"그래. 그러니까, 문 열라고."

신경질적인 목소리로 센다이가 말했다.

그럼에도 표정은 변하지 않았다. 밖에 있어서 그런지 학교에서 보는 센다이 그대로다.

"돌려주고 싶은 게 뭔데?"

"저번에 빌린 옷. 세탁해왔어."

빌린 옷이라는 말을 듣고 떠올랐다.

사이다로 그녀의 블라우스를 젖게 만든 날, 대신 입고 갈 옷을 주었다. 그래, 빌려준 것이 아니라 준 것이다. 센다이에게도 분명 주겠다는 말을 했었을 텐데.

당시 그녀는 받을 생각이 없는 모양인지 「반드시 돌려주겠다」라고 선언했었지만.

쓸데없이 성실한 센다이는, 조금 귀찮은 인간이다. 나는 주겠다고 한 것을 돌려받을 생각도 없었고, 앞서 한 말을 철회할 생각도 없었다.

"안 돌려줘도 된다고 했잖아. 그리고 오늘 안 불렀는데."

"안 부르니까 온 거야."

"왜?"

"빚진 채로 있는 건 싫으니까."

센다이가 딱 잘라 말했다.

그녀의 친구인 이바라키였다면 준다는 말에 틀림없이 순순히 받았을 것이다. 하지만 센다이는 그런 타입이 아닌

모양이다. 서점에서 그녀에게 오천 엔을 건넸을 때도 주겠다, 갚는다로 입씨름을 벌였었지.

“저번에도 말했지만 줄게. 돌려줄 필요 없어.”

아마 센다이는 이 정도로 물러서지 않을 것이다.

귀찮아.

이대로 대화를 계속 이어가봤자 공통된 화제를 찾을 리도 만무했기에 나는 인터폰을 끊기로 마음먹었다. 하지만 통화를 끊기 직전, 센다이가 예상치 못한 말을 던졌다.

“그럼 명령해.”

“……어?”

“명령하면 되잖아.”

“무슨 뜻인지 모르겠는데.”

“이유도 없는데 옷 같은 건 못 받아. 그러니까 주고 싶다면 받으라고 명령하면 되고, 그게 싫다면 옷을 오천 엔 대신으로 해서 평소처럼 뭔가 명령하면 되잖아.”

아무렇지도 않은 어조로 센다이가 말했다.

물론 나는 오천 엔을 대가로 그녀에게 명령을 내렸다. 그걸 생각하면 옷과 명령을 교환하는 건 그리 이상한 이야기는 아니다. 하지만 명령하라는 말에 순순히 명령을 내리는 것도 뭔가 내키지 않았다.

“고작 옷 한 장으로 왜 명령을 해야 하는데? 준다고 한 거니까 그냥 순순히 받으면 되잖아. 이제 돌아가.”

"돌아가면 안 올 텐데, 괜찮아?"

내가 센다이를 붙잡을 것이다.

인터폰에서 들려온 것은 그런 확신을 가진 목소리가 아니었다. 초조함을 넘어서 화가 난 목소리였다.

"일부러 명령을 받으러 오다니, 센다이는 변태야?"

—돌아가.

이미 한 번 한 말인데도, 이번에는 입에 담을 수가 없었다.

"미야기 정도는 아니야. 그래서 받으라고 명령할 거야? 아니면 다른 거야?"

선택할 권리를 나에게 강요하고는, 나를 직접 볼 수 없을 센다이가 모니터 너머로 물끄러미 이쪽을 바라보았다.

이유도 없이 센다이가 더는 이 집에 오지 않게 된다면 견딜 수 없을 것 같아서, 봄 방학이 오기 전에 그녀가 이곳에 오지 않아도 될 이유를 주었다. 하지만 그녀는 지금 인터폰 너머에 있다.

센다이를 쫓아내는 것은 간단하다.

하지만 돌아가면 그녀는 더 이상 오지 않는다.

"……지금 열게."

무슨 생각인지 모르겠지만 센다이가 왔으니까.

그러니까 집에 들이는 것뿐이다.

붙잡은 것이 아니다.

"고마워."

그렇게 말하고 모니터에서 센다이의 모습이 사라졌다. 곧 벨소리가 울렸고, 현관문을 열자 센다이가 보였다. 그녀는 신발을 벗기도 전에 작은 종이 가방을 나에게 내밀었다.

"이거, 어쩔까?"

확인하라는 듯이 센다이가 말했다.

종이봉투 안에는 그날 준 옷이 들어 있었고, 그것을 어떻게 할지 선택하는 것도 역시나 나였다. 센다이는 내 대답을 기다렸다.

"명령을 받으러 온 거잖아. 옷은 됐으니까 안으로 들어와."

종이봉투를 받지 않고 돌아서자 문을 닫고 잠그는 소리가 들렸다.

"그런 걸로 하지 뭐."

무겁지도 가볍지도 않은 목소리가 들려와 나는 그녀를 두고 도망치듯 방으로 향했다. 당연하다는 듯이 뒤에서 발소리가 들려왔고, 방문을 열자 센다이도 미끄러지듯이 안으로 들어왔다. 그리고 늘 점령하고 있던 침대에 걸터앉는다.

"방, 하나도 안 바뀌었네."

그로부터 한 달도 지나지 않았는데 마치 1년 만에 온 사람처럼 추억에 잠긴 얼굴로 센다이가 말했다.

"바꿀 필요가 없으니까."

"그것도 그런가."

그녀는 바람에 흩날리는 꽃잎처럼 가볍게 말하고는 머리

맡에 있는 만화책을 집어 들었다.

"이거 그때 그 만화네. 읽고 있었어?"

치워놨어야 했는데.

나는 그녀가 이 방에 처음 왔을 때 읽게 한 만화책을 침대 위에 놔둔 것을 후회했다. 하지만 이미 늦었다.

"읽었는데, 뭐?"

"아무것도 아냐."

웃고 있지는 않았지만 아까보다 조금 목소리 톤이 높았다.

아마 즐거워하는 거겠지.

센다이의 이런 점이 싫었다.

"그러고 보니, 개학했는데 일주일 동안 날 안 부른 이유가 뭐야?"

아무렇지도 않게.

딱히 읽는 것도 아니고, 그저 만화의 페이지를 넘기면서 센다이가 물어왔다.

"그 정도는 안 부를 수도 있지."

"여름 방학 후에도 겨울 방학 후에도 곧바로 나를 불렀는데? 이번에만 달랐잖아. 뭔가 이유가 있는 거 아냐?"

"3학년이 됐으니까."

나는 정확하지는 않지만 완전히 틀리지도 않은 대답을 내놓았다.

"학원이라도 다녀?"

"……안 다녀."

학원에 갈 예정은 없다.

공부는 별로 좋아하지 않았고, 대학에 꼭 가고 싶다는 강한 의지도 없었다. 들어갈 수 있는 대학이 있으면 다행이고, 만약 없다면 그때 가서 생각하면 된다.

내 대답에 납득을 했는지 안 했는지는 모르겠지만, 센다이는「흐음」하며 페이지를 넘기던 만화책을 닫았다.

"반, 우츠노미야랑 같았나?"

"그렇긴 한데."

마이카와 같은 반이 되었다는 것은 센다이에게 이야기하지 않았고 이야기할 기회도 없었다. 그럼에도 그녀가 그 사실을 알고 있다면, 개학식 날 일부러 내 이름을 명단 속에서 찾아본 것일지도 모른다.

아니, 내가 2반이고 센다이가 3반이니까 그녀가 자신의 이름을 찾다가 알게 됐을 확률이 더 높을 것이다.

나는 센다이의 손에서 만화책을 빼앗았다.

그런 것은 아무래도 상관없는 일이었다.

머릿속에 눌러앉으려는 쓸데없는 생각을 내쫓듯이 만화책을 책장으로 되돌려놓았다.

"나랑 같은 반이 아니라 실망했지?"

가지런히 늘어놓은 책들을 보고 있으려니 장난기 어린 목소리가 들려왔다.

"안 했어."

"그래? 나는 했는데."

무게감 없는 목소리에 되돌아보니 센다이가 생긋 웃고 있었다.

"거짓말."

"거짓말 아니야."

그녀는 과장스러운 투로 그렇게 말하고는 옆에 오더니 책장에서 만화책 한 권을 꺼냈다. 나는 그 책을 집어 들고 원래 있던 자리로 되돌리며 물었다.

"명령은 어떤 명령이든 상관없는 거지?"

"이제 와서 그런 걸 묻는 거야?"

"오늘은 오천 엔도 아니니까, 일단은."

"평소대로 해도 돼."

봄 방학 전과 다름없는 얼굴로 센다이가 말했다.

창밖으로 눈을 돌리자 하늘이 붉게 물들어 있었다. 이웃집이나 몇 채 앞의 맨션도 하늘과 같은 빨간색으로 칠해져 있다.

봄이 되면서 겨울에 비해 해가 조금 더 길어졌다. 팬히터는 더 이상 사용하지 않는다. 센다이는 덥지 않은지 블레이저를 입고 있었다. 나는 커튼을 닫고 노을빛 세계로부터 이 방을 격리했다. 그리고 불을 켜고 침대에 걸터앉았다.

"거기 앉아."

침대 앞을 가리키자 센다이는 시키는 대로 바닥에 앉아 내 발을 잡았다.

“양말을 벗기고 다리를 핥는다. 맞지?”

“잘 아네.”

“미야기는 이런 명령을 좋아하잖아.”

“딱히 좋아하는 건 아니야. 달리 적당한 명령이 없을 뿐이지.”

“흐음.”

의심 가득한 시선을 받은 나는 「빨리 해」라며 센다이의 어깨를 발로 찼다.

“폭력 반대.”

“폭력 아니야.”

달리 더 반박해오나 했더니, 그녀는 말없이 내 다리에 손을 얹고 양말을 벗긴 뒤 발뒤꿈치에 손을 얹었다. 후우, 하고 센다이가 내뱉은 숨이 발끝에 걸리고, 곧 따뜻하고 부드러운 것이 닿았다.

꾹 닿은 혀가 발가락을 적셨다.

천천히 발등을 향해 기어가는 혀는 조금 기분이 나빴지만, 센다이가 내 발을 핥는 모습을 보는 것은 기분이 좋았다.

3반에 관해서는 아는 것이 없다.

하지만 분명 그녀는 옆 반에서도 카스트의 상위에 있을 것이고, 같은 반이 된 이바라키와 함께 즐거운 시간을 보내고 있을 것이 분명하다. 그런 그녀가 지금 내 다리를 핥고 있다.

혀끝이 짓눌렸다.

피부 위, 지금까지 이상으로 센다이의 체온이 느껴졌다. 서로의 열이 부딪히고, 녹으며, 내 것이 되어간다. 혀가 발목으로 향했다. 팬히터는 분명 켜지 않았는데 방 안이 좀 더웠다. 넥타이를 풀자, 발목 근처를 강하게 빨아온다.

혀와는 다른 감각에 시트를 꽉 쥐었다.

"센다이, 그거 싫어."

말과 동시에 입술이 떨어졌고, 갑자기 엄지발가락을 깨물어온다.

"아얏—."

이가 살을 파고들었다. 그럼에도 그녀는 그만두지 않았다.

발가락이 문에 끼었을 때 정도는 아니지만, 그래도 날카로운 통증에 발을 흔들었다.

"센다이, 하지 마."

천천히 엄지발가락을 물고 있던 치아가 떨어져 나가면서 통증이 사라졌다. 그 대신 부드러운 혀로 느릿하게 핥아 올린다. 축축하게 달라붙는 혀는 역시 기분 좋지 않았다. 하지만 센다이의 체온이 불쾌하게 느껴지지는 않았다.

발끝에서 전해지는 감촉으로 의식이 온통 쏠리며 배 안쪽에 열이 쌓여 갔다. 내쉬는 호흡의 온도마저 올라간 기분이었다. 그것은 그리 달갑지 않은 감각이었고, 그녀의 움직임을 멈추게 하기 위해 앞머리를 슬쩍 잡아당겼다.

"센다이, 언제까지 여기 올 생각이야?"

"글쎄? 아마 졸업 전까지 아닐까? 대학은 다른 곳이 될 테고. 미야기가 오지 말라고 하면 더 이상 안 올 거지만, 안 오는 편이 좋겠어?"

고개를 든 센다이가, 어느 때보다 진지한 말투로 말했다.

와줘.

—라고 하면 졸업 전까지는 와 줄 것 같았다. 하지만 와 달라고 부탁하고 싶지는 않아서 앞머리에서 손을 떼고 답이 되지 않는 말을 했다.

"대학, 갈 거야?"

"미야기는 안 가?"

"모르겠어. 센다이는 어느 대학에 가려고?"

"아직 결정 안 했어."

나에게 지망 학교를 말하고 싶지 않은 건가?

아니면 정말 정하지 않은 건가.

해답은 알지 못한 채 대화가 끊겼다.

노을을 가린 커튼을 보니 비치는 빛의 양이 줄어들어 있었다.

시간이라도 때우듯이 센다이의 손이 발목을 쓰다듬었다. 슥슥 복사뼈를 만지는 손길에 다리가 움찔 떨렸다. 항의의

뜻을 담아 허벅지를 가볍게 차자 센다이가 입을 열었다.

"저기, 미야기. 나 탄산 별로 안 좋아해."

예상치 못한 타이밍에 예상치 못한 고백을 들어버린 나는 나도 모르게「어?」하고 소리를 냈다.

"그거, 너무 새삼스럽지 않아?"

"처음엔 이렇게 오랫동안 여기 올 줄 몰랐고, 말할 타이밍을 놓쳐서."

"……다음에도 사이다 줄 거야."

"우와, 성격 못됐어."

"시끄러워. 이제 수다 떨기는 끝. 발, 핥아줘."

센다이가 발등에 입술을 갖다 대고 작은 소리를 냈다.

혀끝이 피부에 닿는다.

체온이 섞이며 내 안으로 파고든다.

몸속에 그녀의 열기가 고여온다.

젖은 혀가 기어가며 발목을 향했다.

그것은 역시, 조금 불쾌했다.

막간
아직 이야기가 존재하지 않았던 나의 이야기

키가 큰지 작은지.

규칙을 지키고 있는지 아닌지.

인간을 둘로 구분하는 방법은 많겠지만, 오늘은 아는 사람과 모르는 사람이라는 두 종류로 나눠볼까 한다.

1학년에서 2학년으로.

진급과 반 배정이라는 4월의 큰 이벤트로 인해 우리는 본인들의 의사와는 상관없이 새로운 반으로 나뉘게 되었다.

고등학교 2학년이 된 나는 계단 앞에 붙어 있던 명부에서 내 이름인 「센다이 하즈키」를 찾았고, 같은 반 안에서 이바라키 우미나의 이름도 발견했다. 낯을 가리는 편이 아니었기에 누구와 같은 반이 되어도 상관없었지만, 「아는 사람」으로 분류할 수 있는 이름은 없는 것보단 있는 편이 낫다. 특히 우미나의 이름은 있는 편이 좋고, 같은 반이 된 것은 행운이라고 생각했다.

그녀가 있으면 1학년 때와 똑같은 매일을 보낼 수 있을 것이다. 반에서의 입지를 크게 바꿀 필요도 없으니 나름대로 즐거운 매일이 보장되는 셈이다.

나는 친하게 지내던 친구들이 어떤 반이 되었는지 확인하고 교실로 향했다.

방학이 끝난 후의 학교는 묘하게 어수선했다. 어디서 할 것 없이 방학을 잊지 못하는 학생들의 목소리가 울려 퍼졌다. 몸의 반쪽을 집에 두고 온 것이 아닌가 싶을 만큼 불안정해 보이는 사람도 있다. 오늘은 낯선 교실에서 낯선 반 친구들이 기다리고 있어서인지 기대와 불안이 뒤섞인 목소리도 들려왔고, 교내는 독특한 분위기에 휩싸여 있었다.

웅성거리는 복도를 걸어 새로운 교실의 문을 열었다.

안을 보자 금세 밝은 갈색 머리가 눈에 들어왔다.

우미나다.

그녀는 어디에 있어도 눈에 띄었다.

본인이 원해서 그렇게 되도록 만든 것이니 눈에 띄지 않으면 오히려 곤란하겠지만, 하려고 생각한 것을 실현할 수 있는 것은 일종의 재능이었다. 그녀와는 맞지 않는 부분도 있지만 그런 부분은 굉장하다고 생각한다. 분명 이 반도 우미나를 중심으로 돌아갈 것이다. 1학년 때와 다르지 않았다.

나는 우미나에게 향하기 위해 걷기 시작했다.

한 걸음, 두 걸음, 세 걸음.

책상과 책상 사이를 빠져나가려는데 기쁨과 슬픔이 섞인 목소리가 들려왔다.

"마이카랑 같은 반이라서 다행이지만……."

"아미만 떨어지다니."

힐끔 옆을 보니 우미나와는 전혀 다른 타입의 아이들이 있었다.

반 배정에는 희비가 엇갈린다.

같은 반이 되었다는 기쁨도 있는 반면, 반이 갈렸다는 슬픔도 있다.

아무래도 이들은 친한 친구와 반이 갈린 것인지 기쁘다는 감정만 내세울 수 없는 미묘한 얼굴을 하고 있었다. 3명인 그룹에서 누구 한 명이 다른 반이 되어 버리면 같은 반이 된 사람끼리 솔직하게 기뻐할 수 없는 그 심정은 이해가 갔다.

이해가 간다 해도 어떻게 할 수 있는 일은 아니지만.

굳이 말을 걸 만한 사이는 아니다. 그녀들은 아는 사람과 모르는 사람으로 나눈다면 모르는 사람 쪽이다. 그것은 곧 이름을 외워둬야 하는 상대라는 뜻이었기에 일단 얼굴만은 머리에 넣어두었다.

나는 멈춰 있던 다리를 움직여 우미나에게 다가가 말을 걸었다.

"안녕."

"아, 하즈키! 오늘 개학식 끝나고 다 같이 놀러가기로 했어."

아는 얼굴과 모르는 얼굴 사이에 둘러싸인 우미나가 인사와 함께 방과 후 예정을 단숨에 전해왔다. 2학년이 되어도 변하지 않았구나 생각하면서 「어디로 갈지 정해졌어?」라고 물었다.

"하즈키가 오면 결정하자고 얘기했는데, 그 전에 그것 좀 알려줘."

"그거?"

"마사키랑은 어떻게 됐어?"

별로 듣고 싶지 않은 이름에 속으로 한숨을 한 번 내쉬었다.

그에 관한 일은 오늘 반드시 물어볼 거라 생각하긴 했지만, 보고할 만한 일은 없었다.

"어떻게 됐냐니?"

별것 아닌 일처럼 되물었다.

"마사키한테 연락 왔잖아?"

봄 방학 중에 단 한 번도 본 적도, 대화한 적도 없는 인간인 그에게서 연락이 왔다는 것은 분명한 사실이다. 하지만 나는 그에게 연락처를 알려주지 않았다.

알려준 것은 우미나다.

즉 사후 보고다. 내가 허락한 것은 아니었지만 이런 적은 처음이 아니었다. 과거에도 몇 번 있었다. 악의가 있어서 그런 것도 아니고, 우미나는 선의에서 하는 행동이라고 생각하고 있다. 남자친구 후보를 소개해주는 일종의 자선 사업인 셈인데, 그녀는 그런 식으로 참견하길 좋아했다. 다만 남자친구가 필요하지 않은 나로서는 민폐일 뿐이다.

"연락은 왔는데, 그뿐이야."

"어? 같이 안 놀러 다녔어?"

"안 했어."

"왜?"

"대화도 잘 안 맞고."

"그런 건 적당히 맞춰주면 되지. 대화가 좀 안 맞는다는 이유로 같이 놀러 안 간다니, 아깝지 않아?"

"대화가 잘 통하는지 안 통하는지는 중요해."

"중요하지 않다니까. 하즈키는 눈이 너무 높아. 적당한 선에서 타협해서 남친을 좀 사귀어봐. 얼마든지 소개해줄 테니까."

"나보다도, 우미나는 남친이랑 어떻게 됐어?"

귀찮을 것 같은 이야기를 대충 흘려 넘기고, 우미나가 1학년 때부터 사귀고 있는 남자친구 화제를 던졌다.

"아, 그거 말이지. 살짝 열받는 일이 있었어."

우미나의 말에 누군가가「열받는 일이라니?」하고 물어온다. 나는 그녀들의 목소리를 들으며 교실 안을 바라보았다.

교실은, 학생들을 쭉 늘어놓고 비교하는 악질적인 수조 같았다.

반 배정 첫날부터 역학 관계가 극명하게 드러난다.

우미나 같은 화려한 물고기 주위에는 수수한 물고기가 없다. 그녀와 마찬가지로 눈에 띄는 물고기이거나 나처럼 그녀와 함께 있음으로써 떨어지는 이득을 누리려는 물고기만 곁에 있다.

하지만 바다에서처럼 강한 물고기가 약한 물고기를 잡아먹거나 하지는 않는다.

서로가 충돌을 피하면서 화려한 물고기도 수수한 물고기도 다 같이 헤엄친다.

절묘한 균형을 이루며 평화로움을 유지하고 있는 수조 안은 그리 아늑하지만은 않다. 반 친구를 분류하는 짓은 좋은 취미라고도 할 수 없었고 별로 좋아하지도 않지만, 자신의 위치가 정해지면 마음껏 헤엄칠 수 있었다. 가족조차 받아주지 않는 자신을 받아주고, 잘만 처신하면 적당히 즐거운 시간이 보장된다. 무리해서 계속 노력하는 것보다 훨씬 낫다.

"거기 과일 샌드가 맛있대."

우미나의 통통 튀는 목소리가 들려와 시선을 다시 돌렸다.

남자친구의 이야기는 어느새 과일 샌드의 단면이 화려하고 예쁘기로 소문난 가게 이야기로 바뀌어 있었다.

"개학식 끝나면 파운데이션 사러 가는 김에 가고 싶은데."

우미나의 목소리로 방과 후의 일정이 화장품과 디저트로

차기 시작했고, 나는「좋아~」라고 맞장구치며 웃었다.

수조의 물고기도 시간이 되면 집이라는 상자로 돌아가야 하지만, 그 시간이 조금이라도 늦어진다면 그보다 더 좋은 일은 없었다. 가족이라는 인형이 기다리는 집은, 훌륭한 언니와 똑같은 인형이 되지 못한 나에겐 그리 좋은 환경은 아니었다.

"아, 개학식 지겨워. 땡땡이 칠까?"

우미나가 달갑지 않은 말을 꺼냈다.

"오늘은 학교 금방 끝나잖아."

"금방 끝나지만 가기 싫어. 하즈키도 같이 빠질래?"

"선생님한테 찍히면 귀찮아져. 그냥 끝나면 갈래."

첫날부터 나쁜 짓을 할 생각은 없고, 앞으로도 그럴 생각은 없었다. 안 좋게 눈에 띌 법한 일은 되도록 피하는 것이 상책이다.

예비종이 울려 자리에 앉았다.

1학년 때와 마찬가지로 화려한 물고기와 함께 고교생활을 나름대로 즐기려면 처음이 중요하다. 굳이 선생님에게 안 좋은 인상을 남길만한 짓은 하지 않는 것이 좋다. 선생님을 적으로 돌려봤자 좋은 일은 하나도 없으니까.

나는 오늘부터 다시 똑같은 매일을 반복할 것이다.

아마 고등학교를 졸업할 때까지, 계속.

변하지 않는 세상은 자유롭고, 불편하고, 즐겁고, 지루

하다. 그래도 아주 조금 답답한 매일에 만족하고 있다. 한편으로 아주 약간의 자극이 있어도 좋다는 생각도 들었지만, 부탁하지도 않았는데 멋대로 진행되는 일은 대체로 필요 이상으로 배려가 없고 불쾌한 것들이 많다. 내가 바라는 적당한 자극이란 없는 것이나 마찬가지다.

그러니까 변화는 없는 편이 좋다.

똑같다는 것에는 가치가 있다.

지금과는 다른 매일을 바라는 자신은 없다.

아마, 분명 그럴 것이라 생각했다.

Profile

센다이 하즈키

• 신장: 163cm

• 생일: 8월 23일

memo

밝고 처세술에 능숙한 여고생. 스쿨 카스트의 상위 중 아래로, 반에서도 눈에 띄는 편. 인기가 많다. 반면 집에서는 우수한 언니와 비교당해 있을 자리가 없다. 남에게 맞추는 것이 특기. 대충대충 하는 걸로 보이지만 본성은 성실하다.

제6화
미야기는 너무 성의가 없다

오천 엔을 주고받지 않았던 것은, 적지 않은 불만과 용기를 품고 미야기 집에 찾아간 그날이 처음이었다. 들고 왔던 옷은 저금통을 놔둔 서랍 속에 넣어두었다.

돌려줄 수 있다면 그것이 가장 좋았겠지만, 명령의 대가가 되어버렸으니 어쩔 수 없다. 오천 엔과 같다. 옷을 입을 예정은 없다.

하지만 특별했던 것은 그 하루뿐이다. 그로부터 며칠이 지난 오늘, 나는 평소와 똑같이 미야기에게 오천 엔을 받았다.

하지만 달라진 점도 있다.

미야기가 사이다가 아닌 보리차를 내왔다. 그리고 아주 조금 수다를 떨게 되었다.

보리차를 내놓은 이유는 알겠지만 왜 대화를 하게 된 것인지는 모르겠다. 하지만 침묵이 계속되는 것보다 더 즐겁다는 것은 확실했나.

"그 책, 재미없었어."

불쑥불쑥 말을 걸어오던 미야기가 또 한 번 불쑥 그렇게 말했다. 침대 위에 앉아 연애 소설을 읽던 나는 고개를 들었다.

"그래? 난 재미있는데."

"해피엔딩도 아니었고."

"뭐야, 그건 스포일러잖아. 나 이제 막 읽기 시작했는데."

"괜찮잖아."

"안 괜찮거든."

삐걱이는 대화는 알맹이가 있다고는 할 수 없었다. 하지만 나에게 말을 걸어오는 미야기를 보고 있으면, 사람을 따르지 않던 길고양이가 머리를 쓰다듬도록 허락해준 것 같은 기분이 들었다.

여름 초부터니까, 반년 이상.

시간은 좀 걸렸지만 경계심 강한 길고양이에게 이제야 다가갈 수 있었다. 길들여졌는지 어떤지는 모르겠지만 감회가 새로웠다.

하지만 스포일러만큼은 용서할 수 없다.

나는 읽던 소설을 덮고 베개 옆에 두었다. 그리고 미야기가 읽고 있는 만화책을 빼앗아서 벌러덩 드러누웠다. 불평이 들려오지 않는 것을 핑계 삼아 페이지를 넘겨 나갔다. 1권은 아니지만 몇 번 읽은 책이니 상관없다. 3분의 1 정도 읽고 있자니, 침대를 등받이로 삼은 채 바닥에 앉아 있던 미야기가 몸을 일으켰다.

"센다이. 게임 같이 해줘."

"게임?"

만화책을 내려놓고 미야기를 보았다.

"맞아. 이거."

미야기가 지금까지 한 번도 켜진 것을 본 적이 없었던 TV 아래에서 무언가를 꺼내더니 나를 돌아본다. 그녀의 손에는 데포르메된 자동차가 그려진 케이스가 있었다.

"혼자 해도 재미없으니까."

미야기가 레이싱 게임으로 보이는 게임 소프트웨어를 든 채 말했고, 작은 테이블을 조금 움직여 공간을 만들었다.

전에 미야기에게 게임은 하지 않느냐는 질문을 했던 적이 있다. 그때 그녀는 미남이 고백하는 류의 게임은 하지 않는다고 했지만 어떤 게임을 하는지는 알려주지 않았다. 지금 그녀가 손에 들고 있는 소프트가 그 대답일지도 모른다. 하지만 미야기는 레이싱 게임을 할 타입으로는 보이지 않았다.

의외네.

어떤 게임을 손에 들고 있어야 납득했을지는 자신도 잘 모르겠지만, 어쨌든 미야기의 이미지에 맞는 게임이 레이싱 게임이 아닌 것만은 확실했다. 다만 차와 함께 유명한 캐릭터도 그려져 있는 것을 보면 레이싱이 아닌 캐릭터 쪽을 좋아할 가능성도 있었다.

"그거, 혹시 차로 경쟁하는 거야?"

"맞아. 상대를 방해하면서 골인하는 게임이야."

"잘은 모르겠지만, 이런 건 인터넷으로도 대전할 수 있지 않아?"

"……싫으면 안 해도 돼."

언짢은 목소리로 그렇게 말하며 빼냈던 게임을 원래대로 되돌리려 하는 미야기의 모습에 나는 당황했다.

시간을 때울 만한 도구가 늘어나는 것은 환영이다. 만화도 소설도 좋아하지만 가끔은 다른 것도 하고 싶었다.

"하기 싫은 건 아닌데, 어떻게 하는 건지 잘 몰라."

나는 침대에서 내려와 바닥에 앉았다.

"지금 알려줄게."

미야기가 게임기의 전원을 켜고 내 옆에 와서 강의를 시작했다. 하지만 생각했던 것보다 조작이 복잡해서 기억하기 어려웠다. 도중에 미야기도 설명하는 것이 귀찮아졌는지 건성으로 알려주기 시작해 나는 그녀의 말을 가로막았다.

"맞다. 지금 입시학원에 다니고 있어서 못 오는 날이 있을지도 몰라."

"입시학원?"

"수험생이니까, 하는 수 없이 다니는 거지."

부모는 언니처럼 유능한 아이만을 원했다. 가족이 바라는 대학에 들어갈 수 있다면 어린 시절과 같은 생활을 할 수 있을 것이라 생각했다.

대학 수험은 내가 가족의 품으로 돌아갈 수 있는 마지막 기회였다.

동시에 가족 따위는 이제 아무래도 상관없다는 마음도 들었다. 모두가 원하는 대학에 들어가는 것은 불가능하고, 들어갈 수 있다고 해도 거부하고 싶을 정도였다. 하지만 나는 입시학원 신청서에 이름을 적어 넣었다.

—이제 와서 입시학원을 다닌다고 해도 무언가가 바뀌는 일은, 일어나지 않을 텐데.

나는 침대를 등받이 삼아 천장을 올려다보았다.

자신의 방과 다른 색깔의 벽지가 묘하게 눈에 익숙했다.

"딱히, 여기 늦게 와도 상관없는데."

감정을 읽을 수 없는 목소리로 미야기가 말했다.

"수업이 꽤 늦게까지 있어서 힘들 거야. 끝나고 나면 집에 돌아가는 시간은 자정이 넘을 것 같으니까."

"그럼 입시학원이 있는 날엔 다음 날에 와."

"알았어."

그렇게 대답하자 미야기가 설명을 끝내고 게임을 시작했다. 하지만 내 차는 생각대로 움직이지 않았다. 차가 오른쪽으로 도는 것보다도 먼저 내 몸이 오른쪽으로 기울었다. 왼쪽도 마찬가지다. 똑바로 달리려고 하는데도 이리저리 휘청거려서 미야기에게 금세 추월당했다.

열받아.

내가 아니라 차가 문제다.

그리고 미야기의 성격이 나쁘다.

바나나 껍질이나 폭탄 같은 걸 던져서 나를 방해했다. 덕분에 이기는 것은 미야기뿐이고 나는 이기지 못했다.

"미야기, 좀 봐줘."

"싫어."

"나 초보잖아."

"알아."

"아, 이제 좀 쉬자. 휴식! 이기지도 못하니까 하나도 재미없어."

나는 레이스 도중 컨트롤러를 던졌다. 그 사이에도 화면 속에서는 미야기의 차가 계속 달려 가장 먼저 골인했다.

"센다이, 너무 약해."

조금의 인정 따위 없는 미야기가 컨트롤러를 놓고 다리를 쭉 뻗었다.

수다, 라고 하기엔 좀 부족하지만 오늘은 정말 말이 많았다. 늘 우츠노미야와 무슨 대화를 나누고 있는지는 모르겠지만, 이런 미야기에게 사교성이 더해진 상태로 대화하고 있는지도 모르겠다.

내일은 눈이 오려나.

그런 무례한 생각을 하면서도, 지금까지 본 적 없던 수다

스러운 미야기에게 시선을 보냈다. 3학년이 되어도 그녀는 변하지 않았다. 메이크업은 하지 않았고, 교복은 스커트가 조금 짧아진 정도로 그밖에는 거의 달라지지 않았다.

무난하다면 무난하다.

선생님 눈에 찍히지 않는 선에서 잘 차려입었다. 하지만 스커트는 좀 더 짧게 해도 주의당하는 일은 없을 것이다.

이 정도일까.

멋대로 그녀의 스커트를 살짝 잡아서 올려보니, 무릎에서 10센티미터 정도 위에 난 푸른 멍이 눈에 띄었다.

“갑자기 뭐야?”

내가 잡아당긴 스커트를 도로 내린 미야기가 노려보았다.

“멍이 있는데.”

“학교에서 부딪친 거야.”

“아파?”

물어보면서 멍을 꾹꾹 찔렀다. 하지만 금방 손을 털어내 버린다.

“안 아파. 근데 아프냐고 물어보면서 왜 찌르는 거야?”

“그냥, 그러고 싶어서.”

“멍을 찌를 시간이 있으면 게임이나 계속해.”

불만 가득한 얼굴을 한 미야기에게서 컨트롤러를 건네받았다. 게임은 나름대로 재미있지만, 한 번도 이기지 못하는 것은 재미없었다. 정확하게는 더는 지고 싶지 않았다.

나는 미야기의 마음을 게임에서 떨어뜨리기 위해 머리를 굴리다가 어떤 것을 생각해냈다.

"미야기. 키스마크는 자른 레몬을 올려두면 빨리 사라진다는 거 알아?"

"모르겠는데. 그건 경험자로서 말하는 거야?"

미야기가 「청초해 보이지만 실은 놀고 있다」라는, 사실과는 다른 소문을 근거 삼아 물어와 확실하게 부정해두었다.

"경험자 아니야. 우미나가 키스마크를 없앨 땐 자른 레몬을 올려두면 된다고 했어."

"혹시 이 멍에 레몬을 올리라는 뜻이야?"

"그런 멍은 내출혈이고, 키스마크도 결국 내출혈이라고 하니까 효과가 있지 않을까 싶어서."

"없을 것 같은데. 애초에 이바라키의 키스마크는 레몬 때문에 빨리 사라졌대?"

"본인은 사라졌다고 하는데, 그냥 놔둬도 사라졌을 수도 있지. 따뜻하게 데우거나 차게 하는 것도 좋다고 하니까 뭔가 시도해봐."

"이틀 전에 난 거니까 이제 와서 굳이 없앨 필요 없어."

미야기가 귀찮다는 투로 말하며 컨트롤러를 놓고 보리차와 함께 가져온 사이다를 마셨다. 레이스를 계속하겠다는 마음은 어디론가 사라졌는지 게임기의 전원은 꺼졌다.

레이싱 게임에서 계속 져야 하는 역할로부터 해방된 나

는 던져두었던 만화책을 손에 들고 펼쳤다. 하지만 한 페이지도 미처 다 읽기 전에 미야기가 어깨를 두드려왔다.

"실험해보자."

"실험?"

"그래, 실험. 센다이, 일단 블레이저 벗어."

상기된 미야기의 목소리에 불길한 예감이 들었다.

"그거, 명령이야?"

"명령. 빨리 벗어."

거절은 허락하지 않겠다는 어조로 미야기가 말했다.

블레이저를 벗는다는 행위 자체에 저항감은 없다. 과거에 이 방에서 몇 번이고 벗었다. 하지만 미야기의 말을 듣고 벗은 적은 없다.

"먼저 무슨 실험인지 묻고 싶은데."

블레이저를 벗으라는 명령 끝에 무엇이 있을지는 예상할 수 있었다. 그리고 그것이 만약 예상대로라면 바람직한 것도 아니었고, 나와 미야기의 관계에 적합한 것도 아니라고 생각했다. 그렇기에 실험의 내용을 확인해 두고 싶었다.

"블레이저를 벗으면 알려줄게."

역시 그렇게 말하겠지.

나는 작게 한숨을 내쉬었다.

순순히 뭘 할지 알려줄 만한 사람이었다면 이런 명령은 하지 않았을 것이다. 꺼림칙한 무언가가 있으니 내용을 알리지 않는 것이다. 하지만 이 명령 자체는 규칙을 위반하는 것이 아니었기에 나는 얌전히 블레이저를 벗어 침대 위에 올려두었다. 그러자 다음 명령이 날아왔다.

"팔, 걷어."

블라우스 가슴의 단추를 풀어.

실험을 당할 부위는 그런 대사를 들을 법한 곳이라고 생각했는데, 아무래도 아닌 모양이다.

"그러니까 왜?"

미야기가 뭘 해올 것인지는 예상이 갔지만, 일단 물어보았다.

"키스마크가 레몬으로 사라진다며? 그게 사실인지 아닌지 센다이의 팔로 실험할 거야."

미야기는 가끔, 아니, 높은 확률로 이해할 수 없는 말을 한다.

키스마크를 만들고 지운다.

그런 짓을 하고 싶어 할 것이라는 예상은 했지만, 왜 그런 일을 하고 싶어 하는지는 전혀 모르겠다.

"실험, 실패하면 곤란한데."

"팔이라면 흔적이 사라지지 않아도 블라우스로 가릴 수 있으니까 문제없잖아."

"있지, 아주 많지."

몸에 자국을 남긴다.

나와 미야기 사이에 있는 접점은 결코 그런 것이 아니다. 지금까지 손이나 발을 핥거나 핥아지고, 깨물거나 깨물리기도 했지만, 흔적이 오래 남을 만한 것들은 아니었다.

하지만 이번에는 아니다.

교복으로 가릴 수는 있어도 미야기에 의해 생긴 흔적을 제대로 지우지 못하면 내 몸을 한동안 따라다니게 된다. 그것은 반길 만한 일은 아니었다.

"이런 데 하는 것도 아니니까 상관없잖아."

미야기의 손끝이 가볍게 내 목덜미에 닿았다.

손가락은 스르륵 아래로 미끄러져 내려가 쇄골 위에 착지했다. 블라우스 단추 두 개를 풀어 두었으니 더 아래로 가려면 갈 수 있었다. 나는 그녀의 손을 뿌리쳤다.

"이런 데에 흔적을 남기면 패버릴 거야."

"패버린다니. 센다이, 청초 캐릭터를 잊은 거 아니야?"

"미야기도 학교랑은 캐릭터가 다르니까 상관없잖아. 어떤 캐릭터라도—."

"어떤 캐릭터라도 좋지만, 팔 걷어."

명령은 절대적이라고 주장하듯 미야기가 강한 어조로 말하며 내 오른팔을 잡았다.

거절하기 위한 명분은 있다.

체육복을 갈아입을 때 보일 것이다.

그것은 룰에 맞는 무리가 없는 이유였고, 미야기를 물러서게 만들 수 있을 것이다. 하지만 나는 그녀의 말을 받아들이고 소맷단의 단추를 풀고 팔을 내밀었다.

"자, 이걸로 됐어?"

룰 위반이라고 말한 것만으로 관계가 끊어질 것이라는 생각은 안 했지만, 미야기는 변덕스럽다. 나를 멀리한다고 생각했는데 오늘은 또 유난히 가깝다. 그런 심경의 변화와 똑같이, 더 이상 오천 엔을 낼 생각이 없다고 말해도 이상하지는 않았다.

누구에게나 나쁘지 않은 호감을 사고 선생님에게도 귀여움 받는 센다이 하즈키.

나는 그런 나를 연기하지 않아도 되는 장소와 내 집이 아닌 장소, 그리고 배려하지 않아도 되는 미야기라는 존재를 나름 필요로 하고 있었다.

"이쯤이면 되려나."

미야기가 혼잣말처럼 중얼거리고는 내 팔뚝— 손목과 팔꿈치 사이, 가운데쯤을 눌렀다.

"멋대로 하든지?"

"말하지 않아도 그럴 거야."

—알고 있어.

내가 속으로 그렇게 대답하는데, 그녀가 팔 안쪽의 부드러운 부분에 주사를 맞히기 전처럼 만져온다.

조금 틈을 두고 입술이 눌렸다.

주사처럼 금방 따끔거리지는 않았다.

혀가 닿고, 서서히, 천천히 강하게 빨아들인다.

특별한 감각은 없었다. 차라리 핥거나 물리거나 하는 쪽이 타인에게 닿고 있다는 감각은 더 들었다.

그러니까, 별다른 일은 아니다.

피부 위에 입술과 혀만 올라가 있을 뿐 통증도 없다. 하지만 닿아 있는 입술이나 혀에 열이 있는 것도 아닌데, 굉장히 뜨겁게 느껴졌다.

"이제 됐잖아."

나는 그녀의 머리를 눌렀다. 그러자 빨리고 있던 피부가 몸으로 돌아오는 듯한 감각이 느껴졌고, 미야기가 고개를 들었다.

"제대로 생긴 것 같은데. 성공한 건가?"

그녀의 말에 시선을 떨어뜨리자, 팔에 작고 붉은 자국이 선명하게 나 있었다.

그것은 어릴 적에 놀면서 팔에 직접 만들었던 흔적과 별반 다르지 않았고, 우미나의 목에 있던 흔적과도 같아 보였다. 하지만 「미야기가 남긴 흔적」이라는 것만이 과거의 어떤 것과도 달랐다.

한숨이 절로 새어 나왔다.

어릴 때와 달리 남들에게 새겨진 이런 흔적이 어떤 것인지 나는 잘 알고 있다. 미야기가 읽고 있는 만화에도 자주 나오는 것으로, 붉은 자국은 그것과 이어진다. 나는 때를 벗기듯이 손바닥으로 팔을 닦았다.

미야기가 소유권을 주장해도 곤란했다.

그녀에게는 그럴 마음도 없을 것이고, 내 생각이 지나친 거겠지만 볼 때마다 떠오르는 무언가가 몸에 남아 있다는 것은 좋지 않았다.

—빨리 없애버려야 해.

나는 손바닥으로 팔을 따뜻하게 데우며 미야기에게 물었다.

"그래서, 레몬은 있지?"

"우리 집 냉장고, 본 적 있지?"

닭튀김을 만들 때 황량할 정도로 물건이 들어 있지 않은 이 집의 냉장고를 봤었다.

그래서 알고 있었다.

없을 거라고 생각했다.

그래, 생각하고 있었다.

나는 미야기가 만든 흔적을 꾹 눌렀다.

"교복으로 가려지니까 상관없잖아. 그렇게 신경 쓰이면 아까 말했던 데우거나 식히는 실험이라도 해보지 그래?"

미야기가 자신과는 상관없다는 듯한 얼굴로 나를 바라보았다.

짜증이 치밀었다.

굉장히.

나는 블라우스의 소매를 내리고 단추를 채웠다.

"그럼, 미야기도 블레이저 벗고 팔 좀 보여 줘."

"그게 뭐야, 명령?"

"명령 아니야. 부탁이야."

오천 엔을 받는 나에게는 명령할 권리가 없다.

그렇다면 부탁하는 형식으로 의견을 내는 수밖에.

"그게 부탁하는 태도야?"

"맞아."

"제대로 부탁한다면 보여줄 수도 있어."

왜 내가 숙이고 들어가야 하는 것인가.

미야기는 본인이 실험대가 될 생각 따위는 요만큼도 없으면서, 실험이라는 이유로 나에게만 흔적을 남기는 인간이다. 그렇게까지 예의를 차릴 필요는 없다고 생각한다.

생각하긴 하지만, 그녀의 말처럼 「제대로 된 부탁」을 했다.

"……팔 좀 내밀어 주세요."

그녀를 나와 같은 곳으로 끌어내린다.

그러기 위해서는 다소의 희생은 어쩔 수 없었다.

"키스마크, 만들어도 돼."

미야기가 선뜻 그렇게 말하며 블레이저를 벗었다. 그리고 블라우스의 소매를 걷어 올려 팔을 내밀어 온다.

아냐.

이런 느낌이 아니다.

저항하기를 원했던 것은 아니지만, 아무 거리낌 없이 좋다는 말을 듣고 싶은 것도 아니었다. 미야기를 나와 같은 곳으로 끌어내리고 싶다고는 생각했지만, 그녀가 스스로 내려오는 것은 이야기가 다르다.

이러면 내가 미야기를 따르는 것 같아서 마음에 들지 않는다. 미야기는 나와 마찬가지로 당황해야 하고, 화를 내야 한다. 키스마크를 만들어도 된다는 대사가 그녀의 입에서 나오면 안 된다.

"역시 됐어."

나는 미야기가 걷어붙인 소매를 내렸다. 애초에 키스마크를 새기는 것은 우리 사이에 필요 없는 행위다.

이젠 아무래도 좋아.

나는 그렇게 생각하기로 결정하고 마음을 가라앉히기 위해 천천히 숨을 들이마셨다. 하지만 들이마신 숨을 내쉬기도 전에 미야기가 말했다.

"센다이가 먼저 팔을 내밀라고 말했으면서."

"그야 이런 건 친구한테 할 일이 아니니까."

목적이야 어찌됐든, 방과 후에 집을 찾아와 함께 시간을 보내고 있으니 미야기는 친구다. 일반적인 친구들과는 조금 다른 것 같기도 하지만, 큰 틀에서 보면 친구의 범위에 들어 있다고 생각했다.

하지만 미야기는 내 말을 부정했다.

"……나와 센다이는 친구가 아니야."

그래서였나.

나는 이제야 지금까지 미야기가 했던 행동을 이해했다.

친구가 아니었기에, 밸런타인데이 때 받은 우정 초콜릿에 미묘한 얼굴을 하거나 저녁을 만들지 말라고 말했던 것이다.

평범하지 않은 명령을 하는 것도, 친구가 아니니까.

그렇다면—.

우리는 어떤 관계일까.

적어도 나는 미야기를 친구라고 생각했다. 학교가 없는 날은 만나지 않고, 연락도 필요 최소한으로만 하고 있다. 하지만 방과 후에 집에 들르거나 소소한 대화를 나누거나 하면 친구다.

미야기의 기준으로는 아닌 것 같지만.

"친구가 아니면 뭔데?"

나는 솔직하게 의문을 제기했다.

"뭐냐니, 그런 걸 내가 어떻게 알아."

화가 난 어조로 그렇게 말한 미야기가 다시 한번 소매를 걷어붙였다.

"자."

짧고 가벼운 목소리와 함께 팔이 내밀어졌다.

솔직히 말하자면, 친구라고 생각했던 사람에게 그것을 부정당하는 것은 그다지 기분 좋은 경험은 아니었다. 하지만 잘 생각해 보면 나와 미야기는 친구라는 말에 집착할 정도의 관계도 아닌 것 같았다.

흐름상 어쩌다 보니 이런 관계가 되었을 뿐이다.

미야기라는 인간에게 흥미를 가졌고, 그녀가 어떤 명령을 내릴지 궁금했을 뿐이다. 마음에 들지 않는 일이 있으면 오천 엔을 돌려주고 끝내면 그만이다. 그렇게 생각하고 이 방에 다니게 되었다.

오천 엔이 없으면 끊어질 정도로 얄팍한 접점뿐이었던 것이다.

그래도 사이다를 쏟았던 날의 미야기와는 달리, 오늘은 나를 멀리하려는 것처럼은 보이지 않았다. 그래서 나는 둘의 관계를 정확하게 표현할 만한 단어를 신중하게 골라서 입에 담았다.

"난 미야기의 연인이 아니야. 소매 내려."

"연인이 아니면 키스마크를 새기면 안 된다는 뜻?"

"일반적으로는 그렇지 않아?"

"갑자기 청초한 발언을 하네. 잘 놀 것 같은 얼굴이면서."

"갑자기가 아니라, 청초한 거 맞아. 그리고 전부터 말했지만 안 놀아."

미야기가 일부러 그런 말을 한다는 것은 알고 있었다.

하지만 그녀가 종종 입에 담는 나에 관한 불명예스러운 발언은 확실하게 정정해주었다.

"센다이가 그렇게 말한다면 그런 거라고 해두겠지만……. 친구가 아니고 연인이 아니어도 이런 걸 하는 사람은 있잖아."

"있긴 하겠지만, 나는 아니야."

"이미 연인이 아닌 나에게 당한 상황에서 그런 말을 해봤자 늦었어."

그렇구나.

일리는 있다.

—아니, 아냐. 그런 건 이상하다.

연인이 아닌 미야기가 나에게 흔적을 남겼다는 이유로 연인이 아니라도 이런 일을 하는 사람이라는 카테고리에 나를 내던지는 것은 잘못됐다. 게다가 미야기에게 키스마크를 새겨달라는 말을 들으면 그럴 생각이 없어진다. 그녀의 팔에 자국을 내려고 한 것은 나였지만, 이렇게 대놓고 들이대면 도망치고 싶은 기분이 든다.

"그럼, 명령이야."

움직이지 않으려는 나에게 거역할 수 없는 말을 미야기가 했다.

"내가 한 걸 똑같이 해."

그녀의 목소리는 친구가 아닌 증거를 원한다고 말하는

것처럼 들렸다.

분명, 확실한 증명을 원해서 그런 것이겠지.

나와 미야기는 친구 사이가 아니라는 것을 분명히 하기 위해.

지금의 명령은 그런 증명을 하라는 뜻이었다.

"알았어."

명령은 이해했지만 납득한 것은 아니다. 그래도 나는 그녀의 팔을 잡았다. 그리고 살짝 입술을 벌리고 미야기가 흔적을 남겼던 자리와 같은 위치에 입술을 갖다 댔다. 숨을 들이마시듯 팔의 피부를 들이마시자 츕, 하는 작은 소리가 머릿속을 울렸다.

혀끝으로 피부에 닿아도 맛은 나지 않았다.

물었을 때와 같은 감촉도 없다.

종이팩 주스를 빨대로 마시는 것처럼 빨고 있을 뿐이다.

입술에 닿은 피부는 약간 차갑고 부드럽다.

감촉은 나쁘지 않다. 조금 더 강하게 입술을 밀어붙이고 크게 숨을 들이마셨다. 팔을 깨물듯이 치아도 갖다 대자 미야기가 어깨를 잡아와 고개를 들었다.

"생각보다 빨개졌네."

미야기의 목소리에 시선을 그녀의 팔에 떨어뜨리자, 거기에는 꽃잎처럼 붉은 자국이 나 있었다.

"어쩔 거야, 이거?"

나는 내가 만든 자국을 손끝으로 눌렀다.

"아무것도 안 해. 그냥 놔두면 조만간 사라질 테니까. 센다이는 남자친구가 한 거라고 말하지 그래?"

"남자친구도 없고, 괜한 오해만 사니까 말 안 할 거야."

내일은 체육 수업이 없다. 옷을 갈아입을 일은 없었으니 미야기가 달아놓은 흔적을 누군가에게 지적받을 일도 없을 것이다. 며칠 후에는 체육이 있긴 하지만 그때는 흔적이 옅어졌을 것이라 믿고 싶다.

"미야기, 오늘 조금 이상하지 않아?"

나는 블라우스 위에서 키스마크를 눌렀다.

말수도 많아지고, 여태까지 한 번도 안 했던 게임도 하고.

명령으로 흔적이 남는 행위까지 했다.

"평소랑 똑같은데."

"이상해."

"그렇게 따지자면 센다이도 이상하지 않아? 지금까지 나한테 명령 같은 부탁을 한 적은 없었잖아."

"그렇긴 하지만."

"그런 것보다도, 이 단추 풀어도 돼?"

예고도 없이 미야기가 내 블라우스를 만지더니 위쪽에 풀린 두 단추의 아래, 세 번째 단추를 잡아당겼다.

그 단추에는 좋은 추억이 없다.

사이다를 맞은 날의 일이 뇌리에 떠올라 미간에 주름이

잡혔다.

"절대 안 돼. 뭘 하려고?"

"여기에도 만들려고."

그렇게 말한 미야기가 단추에서 손을 떼더니 쿡, 하고 쇄골에서 꽤 아래쪽을 손가락으로 찔렀다.

"그런 곳에 흔적을 남기면 때린다고 했지?"

"하지만 센다이, 키스마크 다는 거 별로 싫어하지 않았잖아. 게다가 센다이는 학교에서 단추를 하나밖에 풀지 않으니까 이 근처밖에 안 보일 거 아냐."

잘 보고 있구나, 하는 생각이 들었다.

확실히 미야기의 말대로 학교에서 블라우스 단추는 하나밖에 풀지 않았고 넥타이도 그렇게 느슨하게 풀지 않았다. 교칙은 지키고 있지 않더라도 선생님에게 눈총을 받지 않는 선에서 조절하고 있기 때문에 미야기가 찌른 곳 근처라면 옷을 갈아입을 때 말고는 누군가에게 보일 일은 없을 것이다.

하지만 그렇다고 해서 키스마크를 새겨도 되는 것은 아니다.

"그런 문제가 아니야."

"뭐 어때?"

명령이라고는 말하지 않고, 미야기가 내 넥타이를 풀고 세 번째 단추도 풀었다.

그러곤 허락도 없이 내 가슴께를 펼치고는 얼굴을 가까이했다.

숨이 닿아서 간지러웠다.

그녀가 찔렀던 부분에, 내 것이 아닌 열기가 다가왔다.

머리카락이 피부에 닿는 감각이 어쩐지 묘하게 생생했다.

의식이 피부 표면으로 모여들어 나는 미야기의 어깨를 눌렀다.

"하지 마."

"재미없어."

맥이 빠질 정도로 쉽게 나가떨어진 미야기가 고저 없는 어조로 그렇게 말했다. 그리고 입술을 대려고 했던 부분을 꼬집더니 꽉 힘을 줘서 비틀었다.

"아얏!"

나도 모르게 소리를 내며 미야기의 팔을 잡았지만 손은 떨어지지 않았다.

"자국이라면 이런 방법으로도 만들 수 있으니까."

미야기는 그렇게 말하며 꼬집은 손에 힘을 주었다.

살집을 뜯어낼 생각이었다고 해도 믿을 수 있을 정도로 강한 힘에 놀란 나는 그녀의 손을 강제로 떼어냈다.

"아프다고."

"장난이야."

"바보 아냐? 이제 무슨 장난이야."

"지금 그 정도로 흔적이 남지는 않을 거 아냐."

그런 문제가 아니다.

단순히 아팠다.

장난으로 끝낼 수 없을 정도로 아팠다.

게다가 꼬집어서 자국을 남긴다는 생각은 보통이라면 하지 않는다. 미야기의 머리에는 상식을 고정해두는 나사가 존재하지 않는 것이 아닐까. 하지만 지금의 행위가 아무리 이상하다고 주장해봤자, 상식을 어딘가에 떨어뜨리고 온 것 같은 미야기에게 전해질 리가 만무했다.

작게 한숨을 내뱉는 내 모습에 미야기가 숙제를 내주는 선생님처럼 사무적인 어조로 말했다.

"저녁 먹고 갈래?"

"먹고 갈래."

어차피 집에 가서 먹어도 혼자 끼니를 때울 뿐이다.

그렇다면 누군가와 함께 먹는 편이 나았다.

나는 미야기가 풀었던 단추를 잠갔다.

"아무거나 괜찮지?"

그런 질문에 「괜찮아」라고 대답하자, 미야기는 마치 지금까지의 행위도 대화도 존재하지 않았던 것처럼 몸을 일으키고 방을 나갔다.

나는 블레이저를 입고 팔을 보았다. 당연하지만 미야기가 남긴 흔적은 보이지 않았다.

"역시 거절할걸."

혼자 그렇게 중얼거리고는 방을 나섰다.

아마 미야기는 내가 필요할 것이다.

나도 이 장소를 제공해줄 미야기가 필요했다.

일단 서로가 필요한 관계임에는 틀림없지만, 이런 일이 계속되는 것도 곤란했다. 이 관계에는 제한시간이 있다. 아마 고등학교생활이 끝날 무렵에는 함께 끝날 것이다. 앞으로 오래 삶을 살아간다고 생각하면 찰나의 관계라고 할 수 있다. 그런데, 몸에 흔적이 남는 행위는 둘 사이를 평생 동안 계속되게 만드는 행위처럼 느껴져 위가 무거워졌다.

이 흔적은 언제까지 남을까.

나는 거실로 향하면서 팔을 눌렀다.

제7화
센다이의 목소리가 듣고 싶다

마이카가 다니는 곳은 학원.

센다이가 다니는 곳은 입시학원.

양쪽 다 다니고 싶다면 돈을 내주겠다고 아빠는 말씀하셨다. 하지만 나는 학원과 입시학원의 차이를 잘 모르겠다.

둘 다 공부를 하는 곳.

그 정도의 인식이다.

그렇게 어느 쪽에도 관심이 없는 나라도, 입시학원에 다니고 있는 센다이를 자주 불러내는 것이 좋지 않다고 생각할 정도의 상식은 있었다. 그래서 그녀를 부르는 것은 일주일에 한 번만 하기로 정했다.

매번 안 좋은 일이 있었던 날이면 센다이를 불렀지만, 아주 조금 안 좋은 일이라면 그냥 참자.

지난주 그녀가 돌아간 이후 그렇게 결정했는데, 나는 벌써 또 센다이를 불러내고 싶은 마음이 들었다.

"의욕이 안 나."

의자 등받이에 등을 맡기고 하아, 하고 숨을 내쉬자 맞은편에 앉아 있는 마이카가 웃으며 말했다.

"오늘 제물은 시오리였지. 완전 운이 없었어."

"정말 운이 없었어. 오늘 도라하시는 완전 저기압이었고."

마이카 옆에서 아미가 늘 파란 옷만 입고 다니는 타카하시 선생님의 별명을 입에 담았다. 나는 두 사람의 말에 끝난 지 얼마 안 된 수업을 떠올리며 이제는 이곳에 없는 도라하시에 대해 불평을 쏟아냈다.

"학생한테 화풀이하는 것 좀 안 했으면 좋겠어. 진짜로 최악이야."

세계사 교사인 도라하시는 기분이 좋지 않을 때 학생에게 화풀이를 하는 것으로 유명했다. 오늘은 수업이 시작되기 전부터 콧바람이 거칠고 미간에는 깊은 주름이 파여 있었다.

절대 걸리고 싶지 않다.

그렇게 생각했는데, 내가 훌륭하게 이번 타깃이 되었다. 공격적인 질문에 대답하지 못하자 쫑알쫑알하며 끈질긴 잔소리가 따라붙었다. 마지막에는 지목까지 해서 지겨운 소리를 늘어놓은 뒤 교무실로 돌아가는 바람에 내 기분은 바닥까지 떨어진 상태였다.

"집에 가고 싶어."

교과서와 노트를 책상 속에 집어넣으며 중얼거리자 아미가 지적했다.

"마음은 이해하지만 다음은 체육이야. 슬슬 이동해야 돼."

"알아."

나는 체육복 들고 일어섰다.

셋이서 사이좋게 교실을 나와 복도를 걸었다. 탁탁 실내화 소리를 내며 체육관으로 향하고 있는데, 마이카가 무언가 떠오른 얼굴로 「그러고 보니」라고 말했다.

"시오리. 혹시 팔 다쳤어?"

"안 다쳤는데, 왜?"

"요즘 자주 만지길래."

"……만진다고?"

"지금도 만지고 있잖아."

마이카의 말에 의식이 팔로 향했다.

내 손은 마치 습관이라도 든 것처럼, 센다이가 만들고 지금은 이미 사라져 버린 흔적 근처를 누르고 있었다.

"진짜네."

아무렇지도 않은 투로 말하고 팔을 누르고 있던 손을 뗐다.

지난주 센다이가 달아놓은 키스마크는 오래가지 않았다. 이틀도 안 되어 희미해졌고, 붉었던 흔적은 희미한 주황색으로 돌아가며 내게 동화되었다. 그러는 동안 팔을 만졌던 기억은 없다. 지금도 마이카가 말하지 않았다면 눈치채지 못했을 것이다.

왜, 어째서.

이런 건, 마치 자국이 남아 있길 바랐던 것 같아서 싫었다.

"저기요, 시오리~. 걷는 걸 깜빡한 것 같은데."

쾌활함의 상징 같은 단발머리가 잘 어울리는 아미가, 인상 그대로의 힘으로 팔을 잡아당겼다. 둥실둥실 떠 있던 의식이 몸 안으로 돌아오며 나는 멈춰 있던 다리를 느리게 움직였다.

"도라하시에게 괴롭힘당한 게 그렇게나 충격이었어?"

찰싹, 내 등을 두드리며 마이카가 웃었다.

그런 건 아니지만 부정은 하지 않았다.

나는 아미에게 끌려가는 한편, 묻고 싶었던 것 중 하나를 마이카에게 물었다.

"참, 마이카. 혹시 학원은 힘들어?"

"힘들다고 하면 힘들지만, 수험이 끝날 때까지니까. 아, 시오리도 학원 다녀?"

"안 다녀."

"다닐 거면 우리 학원으로 다녀. 우리 학원, 꽤 알기 쉽게 잘 가르쳐 줘."

마이카가 마치 자신의 집이라는 듯 학원을 홍보했다. 공부를 하고 싶은 것은 아니지만, 마이카와 같은 학원에 다닌다면 혼자 방에 있는 것보다는 좀 더 나을까.

그럼 만약 센다이와 같은 입시학원에 다니면—.

실천할 생각도 없고, 현실이 되지도 않을 생각이 떠올라 황급히 머릿속에서 지워냈다. 학원이나 입시학원, 둘 중 한 곳에 다니게 된다고 하면 분명 학원이 될 것이다.

지금은 다닐 예정이 없지만.

“생각해볼게.”

마이카의 열성적인 권유에 적당한 대답을 돌려주고 앞을 보니 복도 안쪽에 낯익은 모습이 있었다.

“여전히 눈에 띄네.”

아미는 누구라고 콕 집어 말하지 않았지만, 그것이 이쪽을 향해 오는 이바라키와 그 친구들을 가리킨다는 것은 금세 알아차렸다.

물론 그중에는 센다이도 포함되어 있었다.

이들은 학교가 마치 자신의 것이라고 주장하듯이 복도 한가운데를 걷고 있었다.

“그러게.”

마이카가 작게 말하고는 복도 끝으로 피했다.

앞에서 꺅꺅거리는 소리가 들려왔다.

이바라키 일행의 목소리가 가까워지고, 센다이와 눈이 마주쳤다. 하지만 그건 한순간이었고 우리는 빠르게 서로를 스쳐 지나갔다.

학교는 넓지만 3학년은 같은 학교 건물에 있고 센다이는 옆 반이었기에 이런 일은 자주 있었다. 하지만 센다이와 복도에서 만나도 말을 나누거나 손을 흔드는 일은 하지 않았다. 그런 약속이니, 딱히 불만은 없다.

그런데도 몸에 작은 무언가가 딱 붙어 있는 것 같은 위

화감이 들었다. 왠지 모르게 개운치 않은 기분이 들어 우울해졌다. 도라하시에게 화풀이를 당한 일까지 더해지니 또다시 센다이를 불러내고 싶은 마음이 들었다.

하지만, 불러내고 싶을 뿐이다.

약간의 안 좋은 일은 참기로 결심했잖아.

"아, 그렇지. 그거 알아?"

이바라키 일행을 쫓아 뒤를 보던 마이카가 갑자기 우리 쪽으로 시선을 돌렸다.

"센다이 말이야, 남자 농구부 2학년생한테 고백받았대."

마이카가 작은 목소리로 어디서 흘러든 것인지 알 수 없는 정보를 말하자, 아미가 흥미진진한 목소리로 되물었다.

"진짜? 언젠데? 그보다 누구야, 누구?"

"학교 개학하자마자 바로 받았다고 들었는데. 상대는 야마다라는 것 같아."

들려온 말에 나는 기억을 더듬었다. 센다이에게 농구부 남자한테 고백을 받았다는 이야기는 듣지 못했다. 야마다라는 남자가 화제에 오른 적도 없었다.

애초에 나는 야마다가 누구인지조차 모른다.

센다이와는 뭐든 다 말할 수 있는 사이도 아니고, 연애 이야기를 나눌 만한 사이도 아니다. 그래서 그녀에 대해 모르는 것이 많았다. 그럼에도 내가 모르는 센다이에 대해 마이카의 입을 통해 전해 듣는다는 것은 썩 유쾌한 일은 아니었다.
"꽤 멋있지 않아?"
아미가 평소보다 더 높아진 목소리로 말했다.
"에이, 그 정도는 아니지."
"그래? 시오리는 어때?"
예상치 못한 타이밍에 아미가 던진 화제에 나는 걸음을 멈췄다.
"……어떻냐고 물어도, 누군지 몰라. 그보다 잘도 알았네, 그런 이야기."
"같은 학원 애한테 들었거든."
마이카가 가벼운 어조로 말하더니 또 다른 소문을 말하기 시작했다.
오늘 센다이는 입시학원에 가는 날로, 불러도 오는 것은 내일이다.
자주 불러내는 것은 좋지 않다는 것을 알고 있다. 하지만 나는 체육 수업이 끝나고, 센다이에게 평소와 같은 메시지를 보냈다.

◇ ◇ ◇

"어제는 미안해."
방에 들어오자마자 센다이가 사과했다.

"그런 약속이니까 상관없어."

입시학원이 있는 날은 못 온다고 말했던 그녀에게, 그런 날엔 다음 날 오라고 했던 사람은 나다. 어제 보낸 메시지는 그날 안에 올 수 없다는 것을 알고 보낸 것이었고, 센다이는 약속대로 다음 날인 오늘 이 집에 왔다. 룰은 지켜졌으니 아무런 문제도 없다.

"자."

나는 참고서나 태블릿 같은 것들이 놓인 라이팅 데스크 위에 준비해 둔 오천 엔을 올려두었다.

"고마워."

센다이는 짧게 대답하고는 가방 안에서 지갑을 꺼내 얇은 종이 한 장을 집어넣었다. 그리고 라이팅 데스크 위의 달력을 보며 말했다.

"이제 곧 골든 위크네."

"봄 방학이 끝난지 얼마 되지도 않았는데."

"미야기는 쉬는 날이 싫어? 봄 방학 전에도 기분이 안 좋아 보이던데."

센다이는 기분이 안 좋다고 느낀 이유에 대해서는 말하지 않았다. 하지만 그녀의 머리에는 분명 내가 사이다를 쏟은 날의 일이 떠올라 있을 것이다.

"방학이 돼도 딱히 할 일도 없고, 재미없으니까."

나는 기분이 나빴던 이유가 아닌, 방학을 반기지 않는

이유를 말했다.

"방학 좋잖아. 어디 놀러 가지 그래?"

골든 위크의 예정이라면 있다.

마이카와 아미, 나 이렇게 셋이서 외출하기로 약속은 되어 있었다. 하지만 굳이 그것을 센다이에게 알려줄 필요는 없겠지. 나는 달력을 쓰러뜨리고 그녀의 팔을 쿡 찔렀다.

"센다이. 팔 보여줘."

명령한 것은 아니었지만 센다이가 순순히 팔을 내밀었다. 하지만 내민 팔은 교복에 가려져 있었다.

알고 있으면서.

나는 무엇을 요구하고 있는지 알면서도 그걸 하려 하지 않는 그녀에게 강한 어조로 말했다.

"소매를 걷어."

"네, 네."

진심이 느껴지지 않는 목소리로 그렇게 답한 센다이는 블라우스의 소매를 감싼 단추를 풀고 블레이저째로 걷어 올렸다. 나는 그 팔을 잡았다.

손목과 팔꿈치 사이, 중간 부근.

팔을 가만히 보고 있는데 센다이가 말했다.

"생각보다 빨리 사라졌어. 미야기는?"

그 말대로 내가 만든 붉은 자국은 보이지 않았다.

"바로 사라졌어."

"다리의 멍도?"

"사라졌어."

그녀가 달아둔 키스마크와 달리 다리를 부딪쳐 생긴 내출혈은 팔에 난 자국보다 사라지는데 더 오랜 시간이 걸렸지만, 이제는 없다. 팔도 다리도, 흔적이 있었다는 것을 믿을 수 없을 만큼 내출혈은 깨끗하게 사라져 있었다.

센다이의 팔도 나와 같았다.

지난주에 있었던 일이 마치 없었던 것처럼.

잡은 그대로 그녀의 팔을 쓰다듬었다.

매끈해서 기분이 좋았다.

—이 팔에 다시 입술을 붙인다면.

팔을 움직이지 말라고 명령한다면 키스마크를 한 번 더 달 수 있을 것이다. 나는 키스마크가 있던 장소 부근을 꾹 눌렀다. 당연히 흔적은 나지 않았다. 손끝에 힘을 주어 다시 한번 같은 장소를 누르자, 손이 잡혔다.

"또 자국을 남길 생각이야?"

머릿속을 들여다본 것처럼 센다이가 그렇게 물었다.

"아니야."

짧게 대답하자 손이 풀렸다. 나는 그녀의 팔꿈치 근처를 매만졌다.

뼈인지 아니면 힘줄인지.

딱딱한 것이 있다.

감촉을 확인하듯이 만지다가 손등 쪽으로 쓸며 내려갔다. 곧 손가락 끝에 도착했고, 활짝 펼쳐서 손바닥 위 혈관을 더듬듯이 쓰다듬는다.

"너무 만지면 간지러워."

흠칫, 손가락 끝을 움직이며 센다이가 말했다. 그렇지만 팔을 빼지는 않았기에 나는 그녀의 부드러운 피부에 손가락을 계속 미끄러뜨렸다. 이러고 있으려니 센다이를 왜 불러냈는지 점점 알 수 없어졌다.

내가 모르는 그녀의 말을 마이카의 입에서 듣고 목이 바짝 조이는 답답함을 느꼈다. 화가 난다고 할 정도는 아니었지만, 기분이 나빴다.

지금은?

시선을 들자, 눈앞에 학교와 같은 상냥한 얼굴을 한 센다이가 있었다.

내가 보고 싶은 것은 이런 센다이가 아니야.

매끈한 그녀의 팔에 손톱을 세웠다. 꽉 힘을 주자 피부에 손끝이 파묻혔다.

"손톱, 아파."

그렇게 말하면서도 센다이는 내 손을 뿌리치지는 않았다.

"남자 농구부원, 멋있었어?"

딱히 묻고 싶었던 것은 아니었는데, 마이카의 이야기가 머리에 남아 있어서 그런지 그런 시시한 질문이 입 밖으로 튀어나왔다.

"왜 남자 농구부 얘기가 나와?"

"고백받았다며."

"미야기가?"

"……알면서 그렇게 말하는 거지?"

센다이가 이런 사람이라는 것은 알고 있다. 나에게는 조금 심술궂고, 명령하지 않으면 생각한 대로 움직여 주지 않는 점도 있다.

손가락 끝에 조금 더 힘을 실었다.

센다이가 약간 얼굴을 일그러뜨리며 내 손을 억지로 떼어냈다.

"거절했어."

고백을 받았다는 것은 부인하지 않고 툭 던지듯 결과만 알려준다.

"왜?"

"왜냐니. 딱히 좋아하는 것도 아니고, 사귄다 해도 만날 시간도 없어."

"만날 시간이란 건 얼마든지 만들 수 있잖아."

"입시학원도 있고, 여기 올 시간도 필요해."

센다이가 귀찮다는 투로 말했고, 희미하게 남은 손톱자국을 쓰다듬었다.

"입시학원을 안 다니고, 여기 올 시간이 없다면 사귈 거야?"

"아니, 안 좋아한다고 말했잖아. 그리고 걱정하지 않아도 미야기를 우선할 거야."

"그런 부탁은 안 했어."

일부러 보란 듯이 부드럽게 미소 짓는 센다이의 발을 가볍게 찼다.

"와아, 예의 없어라."

"센다이만큼은 아니야."

지금은 누워 있지 않지만, 스커트 안쪽이 훤히 들여다보일 정도의 한심한 자세로 남의 침대에 누워 있던 사람에게는 듣고 싶지 않았다.

"남자 농구부원한테 질투한 거잖아? 다 알아."

기세등등한 얼굴로 가볍게 말한 센다이가 소매를 내리고 팔을 가린다. 그리고 침대에 걸터앉았다.

"바보 아냐?"

그녀의 놀리는 듯한 말투에, 진심으로 하는 말이 아니라는 것을 알고 있음에도 불평하지 않고는 배길 수 없었다. 나는 마이카조차 알고 있는 것을 모르고 있었다. 센다이가 나에게 그에 관한 이야기조차 할 생각이 없었다는 사실에 왠지 모르게 조금 불쾌한 기분을 느꼈을 뿐이다.

이건 질투가 아니다.

나는 바닥에 앉아 침대를 등받이로 삼았다.

마음이 어수선했다.

3학년이 되고, 센다이에게 다리를 핥게 했던 그날부터 나는 어딘가 이상해졌다. 혀끝에서 흘러나온 센다이의 체온이 내 안에 고인 채 사라지지 않고 있었다. 그래서 친구처럼 대해보았다. 그녀와 게임을 하거나 시답잖은 이야기를 하다 보면 몸에 남은 이상한 감각이 사라질지도 모른다. ―그렇게 생각했지만, 친구처럼 대하는 것에는 무리가 있었다.

지금도 그렇다.

친구처럼 대화할 수는 없었다.

나는 센다이를 어떻게 하고 싶은 것일까.

함께 보내는 시간이 길어질수록 점점 더 알 수 없었다.

명령만 내린다는 당초의 목적은 이미 잊혀졌다.

센다이와 있으면 보이지 않는 무언가가 몸에 달라붙은 채로 늘어나며 가슴속이 시끄럽게 술렁였다. 진정이 되질 않고, 내 몸이 내 것이 아닌 것만 같았다. 개운치 않은 이 마음이, 테이블 위에 놓인 사이다처럼 톡톡 튀어 전부 사라졌으면 좋겠다.

후우, 하고 숨을 내쉰 뒤 창밖을 보았다.

유리창 너머는 어느새 어둑어둑해져 있었다.

나는 가방 속에서 현대문학 교과서를 꺼내 센다이에게 밀었다.

"명령이야. 침대에서 내려와서 이거 읽어줘."

"교과서?"

의아하다는 표정을 지으며 센다이가 내 옆에 앉는다.

"그래."

나는 일어나서 블레이저와 양말을 벗고 넥타이를 풀고 침대에 풀썩 드러누웠다. 하지 않아도 될 생각만 하다 보니 조금 피곤했다.

"만화도 소설도 아니고, 교과서인 이유가 뭐야?"

교과서 페이지를 적당히 넘기며 센다이가 물었다.

"자장가 대신이야. 졸리니까."

깨어 있으면 필요 없는 말만 계속 하고 후회하게 된다.

만약 어제 센다이가 와줬더라면, 불러냈을 때의 기세로 좀 더 이런저런 이야기를 할 수 있었을 것이다. 하지만 하루가 지나니 무슨 말을 듣고 싶었는지 스스로도 알 수 없게 되었다. 애초에 센다이가 누군가에게 고백을 받았다고 해도 집으로 불러들일 이유는 되지 않았다.

"교과서가 자장가 대신이라니, 선생님이 들으면 우시겠다."

내 말에 센다이가 돌아서서 누워 있던 내 머리를 교과서 모서리로 톡 때린다.

"수업을 재미없게 하는 쪽이 잘못이지."

찰싹, 되갚아주듯 그녀의 팔을 때리자 장난기 어린 대답이 들려왔다.

"남 탓하는 건 안 좋은 버릇이야."

"시끄러워. 빨리 읽기나 해."

"읽긴 할 건데. 미야기가 자면 나는 어떻게 해?"

"잠들어도 계속 읽어."

"그러면 나까지 졸릴 것 같은데."

의욕 없는 목소리로 센다이가 그렇게 말하며, 바닥에 앉은 채 침대에 엎드렸다.

옆구리에 그녀의 손이 닿아와 간지러웠다.

나는 몸을 일으켜 센다이의 앞머리를 잡아당겼다.

"센다이는 자면 안 돼. 일어나 있어."

"네, 네."

—네는 한 번만.

그렇게 말해도 그녀는 두 번 말할 테니 「한 번만 해」라고는 명령하지 않았다. 그 대신 「빨리 읽어줘」라고 재촉하자 센다이가 몸을 일으켰다.

"알았다니까."

짧은 대답이 하나.

그리고 들려오는 기분 좋은 목소리.

같은 반이었던 2학년 때는 그녀의 목소리를 자주 들었다. 수업 중 막힘없이 교과서를 읽는 소리가 부러워서, 나도 똑같이 교과서를 읽어보고 싶다는 생각이 들었다. 오늘도 그 청아한 목소리는 조금도 틀리는 일 없이 교과서의 글자를 소리로 자아냈다.

평소 아끼는 이불을 덮은 것처럼 편안해지는 목소리에 눈을 감자, 나는 어두운 색의 세계에 격리되었다. 나는 벽 쪽으로 데굴데굴 굴러갔다.

어둠 속에서 센다이의 목소리만이 울려 퍼졌다.

마치 봄 방학 전의 교실에 있는 것 같은 기분이 들었다.

교과서에 적힌 글자들의 나열이 센다이의 목소리로 귓가에 흘러들어왔다. 선생님보다 더 부드러운 목소리에 수마가 몰려오며 의식이 멀어졌다.

정신을 차리고 보니 나는 선잠이라고 하기 어려울 정도로 깊이 잠들어 있었다.

꿈은 꾸지 않았다.

다만 몇 시간은 잠든 것 같은 감각을 느끼며 눈을 떴다.

조용한 방, 조금씩 머리가 맑아졌다.

몇 시지?

시계를 보기 위해 천천히 일어났다. 하지만 시계를 보는 것보다도 먼저 센다이의 얼굴을 보게 되었다.

"자면 안 된다고 했는데."

언제 잠들었는지는 모르겠지만, 그녀는 내 옆에서 고른 숨소리를 내고 있었다.

딱 붙을 정도로 가까이 있지는 않았다.

센다이는 침대 끝에 있었기 때문에 나와 그녀 사이에는

틈이 있었다.

그녀는 블레이저를 벗고 양말을 신은 채 잠들어 있었다. 넥타이는 풀어져 있고, 블라우스 단추도 평소처럼 두 개가 풀려 있었다. 옅게 화장한 얼굴은 단정했다. 예쁘다고 해도 될 정도였다.

나는 센다이의 볼을 만졌다. 만약 깨어 있었다면 메이크업이 망가진다며 화낼 것 같은데, 지금은 아무 말도 하지 않는다. 손가락 끝을 움직여 입술 가장자리에서 손을 멈췄다.

이 손가락은 그녀의 입술에 닿은 적이 있다.

그 안에 닿은 적도 있다.

뺨보다 부드러운 혀의 감촉이 되살아났다.

센다이의 축축한 혀가 내 피를 핥았던 일이 떠올랐다. 욱신욱신 아픈 상처에 닿았던 혀는 따뜻했다. 물론 센다이가 상처를 핥았다고 해서 통증이 가라앉지는 않았다. 하지만 내 명령에 따라 피를 핥고 삼키기까지 한 그녀가 썩 유쾌한 얼굴을 하고 있지 않았기에, 그것이 나에게는 기분 좋게 느껴졌다.

물론 그 후 상처를 깨물어왔을 때는 좋았던 기분이 단숨에 사라지고 통증이 훨씬 더 강해졌지만.

입술 끝에서 손가락을 움직여 중심 부근을 만졌다.

마시멜로처럼 부드럽다.

나는 꾹꾹 입술을 눌렀다.

센다이는 반응하지 않았다.

"뭐라고 말 좀 해."

목소리를 듣고 싶다.

나를 부정하는 목소리를 듣고 싶었다.

평소 같으면 나를 말렸어야 할 목소리가 지금은 들리지 않는다. 그래서 손이 멈추질 않았다.

입술에서 턱으로.

그보다 더 아래로.

손가락은 목덜미를 쓰다듬으며 쇄골에 닿았다. 하지만 센다이가 눈을 뜰 기미는 보이지 않았다. 손가락을 조금 더 아래로 움직이자 키스마크를 남기지 말라고 했던 부근에 직접 손이 닿았다. 나는 망설이다가 쇄골 위쪽 뼈를 더듬으며 어깨로 손가락을 향했다. 블라우스 속에 숨어 있던 브래지어 끈에 손바닥을 찰싹 갖다 대보니, 그녀의 몸은 뜨거웠다.

슬슬 눈을 떠도 될 텐데, 센다이는 꿈쩍도 하지 않는다.

목덜미에 눈이 갔다.

그녀가 키스마크를 남기지 말라고 한 또 다른 장소.

나는 거기서 눈을 떼지 못했다.

어깨에서 손을 뗐다. 블라우스 단추를 풀지 않고 목덜미에 얼굴을 가까이 대자 샴푸 냄새인지 달콤한 향이 났다.

처음 맡아본 향은 아니다.

센다이가 온 날 밤, 베개에서 나는 냄새와 똑같았다.

얼굴을 조금 더 가까이 대자 냄새가 강해지고, 심장의 움직임이 조금 더 빨라졌다.

귀보다 조금 더 아래쪽.

천천히 입술을 갖다 대자 심장 소리가 머릿속에 울려 퍼졌다. 쿵쿵거리며 들려오는 소리를 얼버무리듯 입술을 세게 밀어붙였다. 이를 가볍게 세우자 부드러운 살의 감촉이 느껴져 나는 황급히 얼굴을 뗐다.

입술을 닦았다.

쓱쓱, 하고.

마치 아무 일도 없었던 양 그렇게 입술을 닦고 있는데, 블라우스가 당겨졌다.

"뭐 하는 거야?"

멍한 목소리에 옆을 보니 센다이가 희미하게 눈을 뜨고 있었다.

"아무것도 아냐."

쌀쌀맞게 대답했다.

"아, 야한 짓 하려고 했지?"

눈치채지 못한 모양이다.

센다이는 자고 있었다.

지금 막 일어났으니 내가 무엇을 했는지 모른다.

—모를 것이다.

"안 했어."

웃음기를 머금은 센다이의 목소리에 확실하게 대답했다.

"얼굴, 빨개."

그렇게 말하며 센다이가 손을 뻗었다.

볼은 뜨겁지 않다.

심장은 아직 조금 시끄럽지만, 분명 얼굴은 빨갛지 않을 것이다.

그녀의 손이 내 볼에 닿았다. 평소보다 따뜻한 손길에 무심코 뒤로 물러났다.

쿵.

"아얏."

방에 울린 것은 내가 등을 부딪친 둔탁한 소리였다. 뒤에 벽이 있다는 것을 잊고 있었다. 하지만 몸을 부딪친 충격 덕분에 심장은 안정을 되찾았다.

"빨갛다는 말은…… 거짓말한 거지?"

누워 있는 센다이에게 불평했다.

"안 속네."

"그런 것보다 왜 잠든 거야."

나는 센다이의 다리를 가볍게 발로 차며 책을 계속 읽으라는 명령을 위반한 그녀를 책망했다.

"미야기가 잠든 모습을 보고 있으니까 잠이 와서 정신을 차려보니 이미 잠들어 있었네. 지금 몇 시야?"

질문을 받고 시계를 보니 꽤 시간이 흘러 있었다.
“이제 곧 여덟 시.”
“좀 더 자고 싶어.”
“일어나.”
나는 다시 한번 센다이의 다리를 발로 찼다. 그러자 그녀가 느릿느릿 일어났고, 그 등이 있던 자리에 현대문학 교과서가 드러났다.
“센다이.”
“응? 왜?”
“접혔어.”
센다이에게 깔려 있던 교과서를 손에 들고 그녀에게 보여주었다. 등에 짓눌린 것으로 보이는 표지에는 깔끔하게 접힌 주름이 나 있었다.
“아, 미안해. 읽다가 잠들어서 그런가 봐. 정말 미안.”
센다이가 미안한 표정을 지으며 사과했다.
“됐어, 딱히. 교과서잖아.”
깔끔한 편이 낫기야 하겠지만 표지가 접힌 정도는 상관없었다. 쓰는 기한은 어차피 1년이다. 하지만 센다이는 신경이 쓰이는 모양이었다.
미안해, 라는 말이 또 들려왔다.
“어차피 금방 안 쓰게 될 텐데 뭐.”
나는 접힌 부분을 꼼꼼하게 되돌린 다음 교과서를 베개

위에 두었다.

공부는 별로 좋아하지 않았고 수험 공부에도 의욕은 없었다. 접힌 곳이 있든 없든 교과서를 적극적으로 활용할 마음은 없다.

"다음에 뭔가로 보상할게."

교과서에 접힌 자국을 낸 범인이 미안하다는 얼굴로 말했다.

"괜찮다고 했잖아."

무엇을 할 생각인지는 모르겠지만, 보답이라고 하니 좀 귀찮았다. 교과서에 그럴 만한 가치는 없다.

그런 것보다는 센다이와의 거리가 더 신경 쓰였다. 방은 넓지만 침대는 방만큼 넓지 않았다. 그래서 우리의 거리는 꽤 가까웠다. 가능하면 좀 더 떨어져주면 좋겠는데.

"그래도 표지가 접혀 있으면 신경 쓰이잖아."

나와는 달리 접힌 교과서가 어지간히도 신경 쓰이는지 센다이가 불만스럽게 말했다.

등에 벽이 있어서 더 이상 뒤로 갈 수 없는 나는 옆으로 조금 물러났다.

"나는 신경 안 써."

"미야기가 신경 쓰지 않아도 내가 신경 쓰이니까, 보상할게."

이런 입씨름이 되면 센다이는 쉽게 물러나지 않는다. 나와 마찬가지로 자신의 의견을 관철시키려 한다. 그녀는 생각했던 것보다 더 성실한 성격이니 아마 진심으로 벌충하려고 할 것이고, 아마도 실행할 것이다.

"아무래도 상관없지만, 적당한 걸로도 좋아."

교과서 표지에 시간을 들이는 것도 아까워서 나는 말을 끊었다.

"그럼 그렇게 알고 있을게."

무슨 말인지는 잘 모르겠지만, 센다이가 애매하게 이야기를 끝맺었다. 그리고 내 다리를 툭 발로 찬다.

"그래서 미야기. 이제 어떻게 할 거야?"

"아무것도 안 해. 저녁을 먹고 간다면 준비할게."

"어떻게 할까……."

센다이가 깊이 생각하는 것 같지 않은 얼굴로 흐음, 하고 신음했고, 무언가 떠올랐다는 듯이 블라우스의 단추를 하나 채웠다.

이 방에서 위에서 두 번째 단추가 풀리는 장면은 여러 번 봤지만, 다시 잠그는 모습은 처음 봤다.

평소에는 하지 않던 행동에 몸이 굳어졌다.

—역시 눈치챘구나.

아니.

목덜미에 닿았을 때 센다이는 아직 잠들어 있었다.

그러니까 눈치채지 못했다.

그렇다면 왜 지금 블라우스 단추를 채웠을까?

심장이 잡힌 것처럼 아팠다.

그런 짓, 하지 말걸.

센다이는 친구도 아니고 연인도 아니다.

그것은 잠든 센다이에게 해도 될 행동이 아니었다.

그녀가 깨어 있을 때라면 그나마 낫다. 센다이에게 움직이지 말라고 명령했다면 그런 행동도 용서받을 수 있었을 것이다. 대체 왜 그런 짓을 한 것인지 스스로도 잘 모르겠다.

"미야기, 미간이 엄청나."

센다이가 내 얼굴을 가리켰다.

"엄청 무서운 얼굴. 거울 봐봐."

"됐어. 안 봐."

거울을 보는 것보다도 이 자리에서 도망치고 싶은 마음이 컸다. 하지만 느닷없이 방에서 나갈 수도 없었다.

"오늘은 말 안 해?"

센다이가 아무것도 모르는 사람처럼 양손을 위로 뻗어 스트레칭하며 물었다.

"뭘?"

"핥으라고."

"말 안 해."

오늘 그런 짓을 하는 것은 내키지 않았다.

"그래?"

본인이 먼저 물었음에도 별 관심 없다는 투로 대답한 센다이가 내 다리를 만졌다. 양말을 신지 않은 발끝에서 복사뼈까지를 쓰다듬는다. 피부 위를 부드럽게 만져오는 손끝이 간지러워 발을 빼려다 발목이 붙잡혔다.

"놔."

강하게 말하자 그녀는 내 말에 따랐다. 하지만 곧 손끝이 스르륵 위를 향하는가 싶더니 치맛자락을 잡고는 당연하다는 듯이 올리려 한다.

"이상한 짓 하지 마."

나는 그녀의 손을 잡고 항의했다.

"다리, 정말 멍이 사라졌는지 확인하려고."

"확인하지 않아도 사라졌고, 이미 보이잖아."

"그러네."

센다이가 내 손을 뿌리치고 무릎을 만졌다.

멍이 사라졌는지 확인한다면서 보지는 않는다.

손가락 끝으로 무릎을 둥글게 쓰다듬는다.

만지는 법이 이상하다.

등골이 오싹했다.

속이 좋지 않았다.

"멍, 못 봤잖아."

센다이는 무릎을 천천히 쓰다듬었다.

"그만둘까?"

그런 말을 하는 와중에도 그녀의 손은 멈추지 않았다.

"지금 당장 그만해."

강하게 쏘아붙였다.

하지만 센다이는 그만두지 않았다.

무릎에서 아래로 손끝을 움직이더니 발등에 착지했다. 핥으라고 명령했을 때처럼 계속 만졌다. 혈관을 더듬으며 살짝살짝 손가락이 기어다녔다. 피부 위를 개미 같은 뭔가가 돌아다니는 느낌이 불쾌했다. 그런데도 나는 센다이를 진심으로 멈추지 못했다. 숨을 들이마셨다. 그리고 들이마셨던 만큼 다시 뱉어낸 뒤 센다이의 손을 잡고 떼어냈다.

"이제 그만. 진짜 하지 마. —복수하는 거야?"

자는 사이에 목덜미를 만졌으니까.

그 복수가 이것인가 싶어 물었다.

"뭐에 대한 복수?"

센다이가 의아한 얼굴로 그렇게 물었지만, 정말 그 의미를 몰라서 물어본 말인지는 알 수 없었다. 하지만 그녀는 어딘지 모르게 즐거워 보여서, 일부러 신경을 자극하는 것 같은 기분이 들었다.

"복수가 아니라면 됐어. 팔 내밀어."

나는 대답을 기다리지 않고 그녀의 팔을 잡았다.

"명령?"

"명령이야, 말 들어."

"또 흔적을 남기려고?"

"그런 거 아니야."

블라우스의 소매 단추를 풀고, 걷어 올렸다.

센다이의 손목과 팔꿈치 사이.

얼마 전, 흔적을 남긴 곳 근처를 있는 힘껏 물어뜯었다.

아슬아슬하게까지.

피부가 뜯겨나가지 않을까 싶을 정도로 힘을 주자 센다이가 내 이마를 눌렀다.

"잠깐만, 진짜로 아파."

이마를 꾹꾹 누르는 힘에 고개를 들자, 항의가 쏟아졌다.

"말도 안 돼. 어떻게 사람을 이렇게 있는 힘껏 물 수가 있어? 머리가 이상한 거 아냐?"

센다이가 팔을 문지르며 소매를 내렸다.

"교과서를 접은 보상."

"네 멋대로 보상하지 마."

"뭐 어때. 잇자국 같은 건 금방 사라져."

내가 한 짓 따위는 전부 다 사라져 없어져 버리면 그만이다.

게다가 명령이었으니 무슨 짓을 해도 불평을 들을 이유는 없었다. 센다이도 진심으로 화가 난 것은 아닐 것이다.

우리는 그런 관계니까, 이것으로 충분하다.

"진짜로 아팠다고."

센다이가 원망스럽게 말했다.

"이상한 짓을 한 것에 대한 벌도 포함이야."

"미야기가 늘 하는 이상한 짓에 비하면 대단한 것도 아니잖아."

조금 갈라진 목소리로 센다이가 그렇게 말하며 침대에서 내려왔다.

여느 때와 같다.

나는 기분이 저조해 보이는 그녀를 보며 가슴을 쓸어내렸다.

제8화
미야기가 나를 만지기 때문이다

당황하는 미야기가 재미있다.

그런 말을 하면 사악하게 들릴 것 같지만, 자신의 죄를 고백하는 반응을 보이는 미야기가 잘못한 것이다.

"움직이지 마."

나는 테이블 건너편에 앉아 만화책을 읽고 있는 미야기를 향해 손을 뻗었다. 하지만 손끝이 채 닿기도 전에 그녀가 수상함을 담아 물었다.

"뭐야?"

"머리카락 있어."

손을 뻗은 이유를 말하자, 미야기가 책에서 고개를 들고 「어디?」라고 물어 온다.

"떼 줄게."

테이블에 손을 대고 몸을 내밀었다. 가슴팍을 향해 뻗은 손가락이 미야기의 목에 닿았다.

강하게 만진 것은 아니다.

정말 가볍게, 순간적으로.

손끝이 실수로 스치듯 닿았을 뿐인데도 미야기는 필요

이상으로 몸을 젖혔다.

며칠 전.

이 방에서 잠들어 버린 날, 목 주변이 간지러워서 잠에서 깼다. 하지만 반쯤은 잠들어 있었기 때문에 내가 무슨 일을 당해서 그런 느낌을 받은 것인지, 단순한 기분 탓이었는지 확실히 알 수 없었다.

뭐, 하지만.

꿈인 줄 알았던 그 일은, 역시 꿈이 아니었다.

미야기의 반응을 보고 그것을 확신했다. 그날 목덜미에 닿은 것은 미야기의 입술이었다. 나는 어깨보다 조금 긴 그녀의 머리를 잡아당겼다.

"아야."

"미안해. 빠진 머리가 아니었네."

잡아당긴 것은 누가 봐도 멀쩡한 머리카락이었지만, 일단은 그렇게 말했다.

"일부러 그랬지?"

"빠진 머리카락인 줄 알고 떼 주려고 한 것뿐이야."

일부러, 라는 것은 틀린 말은 아니었기에 굳이 부정하지는 않았다.

오늘 이 방에 들어왔을 때의 일을 떠올렸다.

두 번째 단추를 풀려다가, 멈췄다.

미야기를 흘끔 쳐다봤을 뿐인데, 그녀가 시선을 피했다.

그 후에도 계속 상태가 이상했다. 지금도 그렇다. 조금 장난을 친 것뿐인데 과할 정도로 놀란다.

"빨리 숙제나 해."

못마땅한 투로 미야기가 말했다.

잘 따르는 것처럼 보이던 길고양이가 경계심을 드러냈다.

오늘의 미야기는 그렇게도 보였다.

"재촉하지 않아도 이제 곧 끝나."

숙제해 줘.

한 시간 정도 전에 내려진 명령은, 반이 나뉘고 난 뒤로는 조금 더 성가신 것이 되어 있었다. 같은 반이라면 나오는 숙제도 똑같으니 자신이 한 숙제를 베끼게 하는 것만으로 끝낼 수 있었다. 하지만 지금은 나오는 숙제가 전혀 달라져서 그녀를 위해서만 숙제를 해야 하는 상황이었다.

미야기의 성적은 특별히 좋지는 않았고 싫어하는 과목도 있는 것 같지만, 그렇게 나쁘지는 않을 것이다.

대학 수험도 있으니 성실하게 하면 좋을 텐데.

당연한 말이지만 좋은 쪽으로 분류되어 있으면 선택의 폭이 더 늘어난다.

공부도 못하는 것보다는 잘하는 편이 낫다. 선택할 수 있는 대학이 늘어나고, 그 뒤의 미래도 선택할 수 있는 것들이 늘어난다.

물론 무엇이든 한계는 있고, 도착할 장소가 정해져 있다면 쓸데없는 노력이 될 수도 있겠지만.

“대학은 정했어?”

4월 초에 같은 질문을 했을 때 「모르겠다」라고 대답한 미야기는, 비슷한 듯 다른 대답을 내놓았다.

“안 정했어. 간다 해도 들어갈 수 있는 곳이라면 어디든 상관없어.”

“너무 성의 없어.”

“관심이 없으니까. 그런 것보다 숙제나 해.”

“네, 네. 알았다니까.”

아깝다.

같은 입시학원에 다니라는 말을 할 생각도 없고 전력으로 공부를 하라고 말할 생각도 없지만, 미야기는 의욕이 없어도 너무 없었다.

언제나 적당히 되는대로.

그날은 그런 그녀가 적극적으로— 아니, 허락도 받지 않고 입술을 만져왔다.

나는 목덜미에 손을 가져갔다.

왜 이런 곳에 입술을 갖다 대려고 한 것인지 모르겠다. 그전까지 키스마크를 남기고 싶어 했던 것을 보면 그 연장선일지도 모른다고 생각했는데, 그렇다면 내 목덜미에는 흔적이 남아 있어야 했다.

그저 닿는 것에 무슨 의미가 있는 것일까.

미야기가 부정하는 「친구」라는 관계에 가까워지는 거라면, 상관없다. 하지만 그녀의 행동은 친구가 아닌 무언가를 향해 우리의 관계를 빠르게 바꾸려는 것처럼 보였다.

잘 따라주는 것은 기쁘지만, 그런 일이 계속되는 것은 곤란했다.

미야기와의 관계가 깊어질 것 같아 두려웠다.

나는 그렇게 농밀한 관계는 원하지 않는다. 너무 하얗지도, 너무 까맣지도 않은 회색 정도의 친구 관계로도 충분하다. 그 이상이 되어 버리면, 내년에 잘 헤어질 수 있을 것 같지가 않았다.

그렇게 생각하면서도, 미야기에게 당한 것이 그렇게 불쾌하게 느껴지지는 않았다.

이런 것은 좋지 않다.

무엇이 좋지 않은지는 잘 설명할 수 없지만, 좋지 않다는 것만은 알 수 있었다.

나는 지우개를 손에 들고 미야기를 향해 던졌다.

완만한 곡선을 그린 지우개는 교과서를 넘어 그녀 옆으로 굴러갔다.

"오늘은 별로 말을 안 하네. 무슨 일 있어?"

얼굴을 든 미야기에게 말을 걸고 블라우스 위에서 두 번째 단추를 풀자, 부자연스러울 정도로 시선을 돌린다.

나만 알 수 없는 감정에 사로잡혀 있는 것은 불쾌했다.

미야기도 조금은 곤란함을 느끼면 좋겠다.

"없어."

미야기가 무뚝뚝한 목소리로 말하고는 곧장 읽고 있던 책에 시선을 떨어뜨렸다.

"좋아하는 사람 얘기라도 할래?"

"안 해."

알고 있다.

그런 얘기를 좋아할 타입으로는 안 보였다.

소문에도 귀가 밝지 않은 편이라고 생각했지만, 그건 아니었다. 내가 고백받은 것을 알고 있을 정도라면 나름의 네트워크는 있는 모양이다.

"미야기는 좋아하는 사람 없어?"

"그런 이야기 안 좋아해."

"그럼 왜 저번에 그런 얘기를 물어본 건데?"

굳이 고백을 거절한 이유를 물어볼 정도로는 이야기를 하고 싶어 했다.

그것을 잊었다고는 말할 수 없겠지.

"……."

대답할 생각이 없는 것인지 만화책 페이지를 넘기는 소리만이 들려왔다.

"미야기."

대답을 재촉했지만 그녀는 미동도 하지 않았다. 하지만

자세히 보면 미야기의 미간에는 주름이 잡혀 있었다. 나는 목덜미를 가볍게 쓰다듬었다.

이런 곳에 키스를 하니까 그렇지.

자업자득이다.

충분히 반성해.

그렇게 생각했지만, 나를 무시하는 미야기와 같은 방에 있는 것도 재미없었다.

"맞다. 골든 위크 중에 읽게 책 좀 빌려줘."

슬슬 용서해줄까 싶어 대화의 주제를 바꿨다.

"싫어."

"그렇게 말할 줄 알았어."

이런 부분은 평소와 같은 미야기다.

계속 이랬으면 좋겠다고 생각했다.

평소와 같은 일들이 반복되면 평화로운 시간이 오래간다. 감정의 롤러코스터를 타는 것은 사양이다. 그래서 미야기의 변함없는 대답에 마음이 편했다.

◇◇◇

별다른 말이 없는 미야기의 모습은 그렇게 드문 일도 아니다. 애초에 미야기는 나와 함께 있어도 그렇게 많은 말을 하지는 않았다. 그 점을 감안하면 별다른 말이 없는 그녀는 평상시로 돌아온 미야기라고 할 수 있었다.

별로 재밌지는 않지만 어쩔 수 없는 일이라고 생각했다.

그녀의 상태는 내 기분으로 이래라저래라 할 수 있는 것이 아니다.

또다시 사교성이 사라져버린 미야기를 그런 식으로 생각하며 받아들였지만, 곧바로 골든 위크에 들어가 버린 탓에 그녀와는 그렇게 끝나고 말았다.

그리고 휴일이 지나고 이틀.

나는 학교에서 미야기를 오늘까지 보지 못했다.

복도에서 스쳐 지나가는 일도 없었다.

반이 다르면 원래 이런 법이다.

딱히 아쉽다는 생각은 들지 않았다. 대화를 나눌 상대는 부족하지 않았고, 새로운 친구도 늘었다. 학교생활에 큰 불만은 없다. 그럭저럭 잘 지내고 있고 나름대로 즐겁다. 새로운 반에서도 종종 팔방미인이라는 소리가 들려오긴 했지만, 특별히 신경 쓸 일은 아니었다.

"잠깐 옆 반에 다녀올게."

쉬는 시간이 시작되며 소란스러워진 교실 안, 대각선 앞자리에 앉아 있던 우미나가 갑자기 그런 선언을 했다.

"무슨 일인데?"

"교과서를 집에 놔두고 왔어."

우미나가 나른한 투로 대답하며 「역시 땡땡이 칠까」라고 덧붙이자, 곧바로 마리코가 그것을 제지했다.

"그러지 마. 이번에 또 빼먹으면 반성문 써야한다고 했잖아."

"음, 반성문 정도는 써도 상관없는데. 뭐, 이번에는 옆에서 빌려올게."

의욕 없어 보이는 목소리를 남긴 채 우미나가 교실을 빠져나갔다.

성실하다고 할 수 없는 그녀는 수업을 빼먹는다는 악행을 계속 저지르고 있었다. 지금까지 몇 번이나 호출을 받았음에도 3학년이 된 지금도 질리지 않은 모양이었다. 2학년 때도 같은 반이었던 마리코는 작년에는 우미나와 어울리며 수업을 빼먹었지만, 진로라는 벽에 눈을 뜬 3학년이 되며 마음을 고쳐먹었다.

친한 그룹이라는 것은 이럴 때 성가시다.

한 사람이 나쁜 짓을 하면 그 동료도 나쁜 짓을 한다.

그런 이미지가 생긴다.

그래서 올해 마리코는 내신을 걱정하며 우미나를 막는 쪽으로 돌아선 상태였다.

—이제 와서 그런 걸 신경 쓴다 한들 이미 늦은 것이 아닌가, 하는 생각이 들었다.

뭐, 아무것도 안 하는 것보다는 낫긴 하겠지만.

나는 책상 속에서 교과서와 노트를 꺼냈다. 수업이 즐거운 것은 아니지만 빼먹을 생각은 없다. 자신은 동료와는 다르다는 좋은 이미지를 유지하려는 노력도 필요하다.

"아, 노트. 하즈키, 나중에 빌려줘. 베끼고 싶어."

마리코의 말에 고개를 끄덕이자 가벼운 목소리가 들려왔다.

"빌려 왔어."

우미나가 한 손에 든 교과서를 보여주며 자리에 앉는다.

"그거—."

나도 모르게 소리가 나왔다.

눈에 들어온 것은 다음 수업에 사용할 현대문학 교과서다. 이상할 것은 아무것도 없다.

다만 표지에 접힌 자국이 있었다.

"이거?"

우미나가 의아한 얼굴로 교과서를 보았다.

나는 손을 꽉 쥐었다.

이렇게 말하면 우미나의 손에 있는 것이 마치 특별한 거라도 된 것 같잖아.

입 밖에 내지 말았어야 했다. 하지만 이미 내뱉어버린 말을 취소하면 괜히 더 이상했고, 우미나가 먹잇감을 찾은 얼굴로 달려들 것 같았다.

"루카 건 아니지? 누구한테 빌렸어?"

루카는 우미나가 교과서를 빌리려고 했던 친구였다. 하

지만 그녀가 가지고 있는 교과서는 루카의 것도 아니었고, 다른 친구들 것도 아니었다.

우미나의 손에 들려 있는 교과서는 미야기의 것이었다.

표지의 접힌 부분은 내가 만든 것이니 잘못 봤을 리가 없다.

"어떻게 알았어?"

"그냥, 느낌으로?"

알게 된 이유는 적당히 넘겼다.

교과서를 보고 누구의 것인지 알아차릴 정도로 나와 미야기가 친하다는 사실을 우미나는 모르고, 알릴 필요도 없는 일이었다.

"루카한테 빌리려고 했는데 없어서. 2학년 때 같은 반이었던 애한테 빌려왔어. 으음, 누구더라? 검은 머리에 수수한 애."

왜 그런 애 있었잖아, 하면서 우미나가 기억을 더듬었다.

하지만 분명 우미나는 떠올리지 못할 것이다.

그래서 내가 대신 대답했다.

"……미야기?"

"아, 맞아, 맞아. 미야기. 하즈키는 기억력이 너무 좋은 거 아냐? 사람 이름을 안 잊는다니까."

우미나가 감탄하며 그렇게 말하고는 교과서를 바라보았다. 그리고 이내 웃음을 터뜨렸다.

"그보다 미야기는 뭔가 수수한 느낌이 있었는데, 교과서는 통쾌할 정도로 접혀 있네. 완전 웃기다."

깔깔거리며 우미나가 계속 웃었고, 때마침 그것을 지워 없애듯 종소리가 울렸다. 마리코가 황급히 자리로 돌아가고, 선생님이 교실로 들어왔다.

"다들 조용. 수업 시작한다."

탕, 교탁을 두드리며 선생님이 말했다.

그리고 웅성거리던 교실이 조용해지기도 전에 수업이 시작되었다. 빈말로도 예쁘다고는 할 수 없는 글씨가 칠판에 쓰였다. 판서와는 도무지 맞지 않는 글자는 땅바닥에서 기어 나온 지렁이 같아 해독하는 것이 고역이었다.

나는 대각선 앞자리로 시선을 보냈다.

눈에 보이는 것은 대부분 우미나의 등이고 교과서는 눈에 잘 들어오지 않았다.

시선을 칠판에 되돌리며 글자를 노트에 옮겨나갔다. 주름 잡힌 교과서를 자신의 것이라고 말할 생각은 없지만, 우미나가 사용하고 있다고 생각하니 노트에 올라간 팔이 유난히 무겁게 느껴졌다.

한껏 쉰 선생님의 목소리가 불쾌하고 거슬렸다.

뚝.

작은 소리를 내며 샤프펜슬의 심이 부러졌다.

우미나는 미야기의 이름조차 기억하지 못하는데.

나는 눈을 감았다.

교과서가 끌고 온 이 감정은, 파고들어서는 안 되는 것이었다. 이런 이해할 수 없는 마음은 성가신 무언가로 이어진다.

교과서는 아무래도 좋은 것이지 신경 쓸 것이 아니다.

나는 눈을 뜨고 칠판을 보았다.

선생님의 목소리를 듣고 노트를 집었다.

머리에 쓸데없는 것이 가득 찬 채로 같은 생각을 반복하는 사이 수업이 끝났다.

시간은 계속 흘러갔다.

정신을 차리고 보니 오후 수업의 끝이 가까워져 있었다.

이런 날에 한해서 꼭 미야기는 연락을 하지 않는다.

오늘 같은 날은 연락 좀 하라고.

속으로 투덜거렸다.

오늘 집에 갈게.

내가 먼저 그런 연락을 한 적은 없었지만, 이쪽에서 먼저 연락하면 안 된다는 규칙은 없다. 미야기가 먼저 연락해 오는 상황이 너무 당연해진 것뿐이니 내가 먼저 연락해도 상관은 없을 것이다.

수업의 끝을 알리는 종소리가 울리고, 스마트폰을 집어 들었다.

나는 작은 화면을 가만히 노려보았다.

"연락 기다려? 혹시 남친?"

우미나의 목소리가 들려와 고개를 들었다.

"남자친구 만들 시간 없어."

"또 그렇게 말한다. 좋은 사람 소개해줄 테니까 남친 좀 사귀어."

"지금은 괜찮아. 수험이 끝나면 생각해볼게."

"성실하긴. 오늘 학원 가?"

몇 번을 정정해줘도 입시학원을 학원[#2]이라고 말하는 우미나의 그 질문에는 「안 가」라고 답했다.

"그럼 말이야."

저기 가고 싶어, 거기도 가고 싶어.

그렇게 우미나가 가고 싶은 곳을 말하고, 나중에 다가온 마리코가 찬동했다. 나는 스마트폰을 가방에 넣어버렸다. 역시 미야기 쪽에서 먼저 연락해야 한다.

내가 연락하는 것은 잘못됐다.

종례가 끝날 무렵에는 행선지가 정해졌고, 우리는 교실을 벗어났다.

◇ ◇ ◇

연휴가 끝나자마자 바로 연락이 올 것이다.

#2 학원 일본에서 입시를 위해 다니는 입시학원(予備校)과, 일반 학원(塾)은 교육 방식과 성격에서 차이가 난다.

그렇게 생각했다. 하지만 미야기는 좀처럼 연락을 하지 않았고, 스마트폰이 울린 것은 우미나가 교과서를 빌려 온 날로부터 3일이나 지난 뒤였다.

딱히, 조금도 신경 쓰이지 않는다.

돈을 내는 것은 미야기이니, 그녀가 원하는 타이밍에 연락하면 그만이다.

나는 편의점에 들러 감자칩과 초콜릿을 사갔다. 미야기의 집에서 과자가 나오는 일은 거의 없다. 어차피 오늘도 별다른 대화가 오가지는 않을 테니 먹을 것이 있는 편이 좀 더 기분 좋게 시간을 때울 수 있을 것 같았다.

과자가 담긴 하얀 봉지를 들고 미야기의 집으로 향했다.

하늘을 쳐다보자 구름 한 점 없이 날이 맑았다. 온통 파란색 페인트를 칠해버린 것처럼, 부족한 곳이 한 곳도 없다. 하지만 태양이 그림자를 만들어내듯 마음 한구석이 어두운 채로, 내키지 않는 기분 그대로 계속 걸었다. 본래는 편해야 할 미야기의 집으로 가는 길이 괜히 더 원망스럽게 느껴져 발걸음이 무거웠다.

왜 내가 이런 기분을 느껴야 하지?

과자가 든 편의점 봉지를 붕붕 흔들었다.

머릿속에 눌러앉으려는 미야기를 쫓아내고 날렸다.

약 5분.

숨이 차지 않을 정도의 속도로 달려가자 예상한 시간에

맨션에 도착했다. 현관의 초인종으로 미야기를 호출하여 안에 들여보내 달라고 요청했다. 엘리베이터를 타고 6층까지 올라가 현관 앞에서 한 번 더 초인종을 누르자 문이 열렸다.

"자."

신발을 벗자, 최소한의 말과 함께 오천 엔이 전해졌다. 오랜만에 만났음에도 불구하고 미야기는 무뚝뚝했다.

"고마워."

나는 사무적으로 건네받은 종이 한 장을 지갑에 넣어둔 뒤 그녀의 방으로 들어갔다. 편의점 봉지를 내려두자 미야기가 방에서 나갔다. 책장 앞에 서서 진열된 만화책의 책등을 바라보자, 어느새 책이 꽤 늘어나 있었다.

그중에 본 적 없는 만화책을 한 권 뽑아들고 침대 위에 앉았다. 천천히 페이지를 넘기다 보니 보리차와 사이다를 든 미야기가 돌아왔다.

"새 책 샀어?"

"방학 때 심심해서."

미야기는 샀다, 라고 대답하지 않고 산 이유를 말하고는 입을 다물었다.

방 안의 모습은 연휴 전과 별반 달라지지 않았다.

미야기의 태도도 사교성 없는 모습 그대로였고, 달라지지 않았다.

나는 만화책을 덮고 편의점 봉지를 가리켰다.

"그거, 사온 거야. 꺼내봐도 돼."

"네가 꺼내지 그래?"

미야기는 안에 무엇이 들었는지 보지도 않고 그렇게 말한 뒤 책장으로 향했다.

반항적이라고 할까, 굳이 말하자면 불만스러운 대답을 돌려주는 부분도 변하지 않았다. 평소라면 크게 신경 쓰이지 않았겠지만, 오늘은 그런 미야기에게 열이 받았다.

"시오리."

미야기의 이름을 불렀다.

"……뭐?"

잠시 시간을 두고 돌아본 미야기는 대놓고 불쾌함을 드러낸 얼굴을 하고 있었고, 나는 다시 한번 그녀의 이름을 입에 담았다.

"시오리라고 불러도 돼?"

내가 아는 한 그녀의 친구들은 모두 그녀를 이름으로 불렀다.

그럼 나도 불러도 되는 거겠지.

우리는 친구는 아니지만 친구가 하지 않을 일들을 하고 있다. 누구에게도 말할 수 없는 비밀을 공유하고 있으니 좀 더 친밀하게 불러도 좋지 않을까. 하지만 미야기는 그렇게 생각하지 않는 모양이었다.

"안 돼."

차가운 목소리로 말하고는 책을 한 손에 들고 맞은편에 앉았다.

"쪼잔해."

나는 침대에서 내려와 바닥에 앉았다.

편의점 봉지에서 감자칩과 초콜릿을 꺼내 감자칩 봉지를 뜯었다. 그리고 불쌍할 정도로 얇아진 감자를 입으로 가져갔다.

한 개, 두 개, 세 개.

감자칩을 씹으면서 위 속에 계속 떨어뜨렸다.

미야기는 나더러 친구는 아니라고 하면서, 친구처럼 나에 대해 알고 싶어 한다.

고백해 온 남자에 대해 물어보고, 언짢다는 얼굴을 하고.

그런 모습은 질투하는 것으로밖에 보이지 않는다.

그러면서도 시오리라고 부르는 것은 허락하지 않는다.

부당하다.

나는 미야기를 쳐다보았다. 그녀는 만화책을 읽고 있었고 시선을 돌려고도 하지 않았다. 감자칩을 먹지도 않는다.

"저기, 미야기. 먹여줄까?"

나는 봉지 안에서 감자칩을 꺼냈다.

"됐어. 필요 없어."

"사양하지 않아도 돼."

납작한 감자를 미야기의 입가에 가져갔다. 하지만 그녀는 내 손에 들린 감자칩을 먹지 않고 봉지 속에서 새로이 한 개를 꺼냈다.

"직접 먹을게."

그렇게 말하더니 입을 크게 벌리고 한입에 감자칩을 전부 집어넣는다.

"이건?"

갈 곳을 잃은 감자를 보여준다.

"필요 없어."

미야기가 단호하게 말하고는 봉지에서 감자칩을 한 개 더 꺼내 입에 넣었다. 나는 갈 곳을 잃은 과자를 내 위장에 집어넣고 미야기의 손을 잡았다.

"뭐야?"

의아한 목소리가 들려왔지만 무시했다.

나는 명령을 받고 몇 번 핥았던 그녀의 손가락을 스스로 물어보았다.

손가락을 강하게 혀로 누르자 소금맛이 입에 퍼져 나갔다.

"센다이, 하지 마."

미야기의 손이 내 앞머리를 잡아 당겼지만, 그녀의 말에 따를 생각은 없었다. 천천히 손가락에 혀를 대고는 가볍게 물었다. 뼈가 치아에 닿아, 조금 더 힘을 주자 손가락이 강제로 빠져나갔다.

"싫다니까."

거칠게 말을 내뱉은 미야기가 미간을 찌푸렸다.

노골적으로 불만스럽다는 얼굴을 짓는 그녀를 보자 심장 박동이 빨라졌다.

『그런 얼굴로 있어 줘.』

언젠가 불쾌한 얼굴을 했던 나에게 미야기가 그렇게 말한 적이 있었다.

미야기는 내가 싫어하면 즐거운 표정을 짓는다.

그런 그녀를 이해하지 못했는데, 지금은 알 것 같았다. 나에게 감정을 부딪쳐 오는 미야기를 보고 있으면 기분이 오싹했다.

"미야기는 소금맛이네."

생긋 웃으며 그렇게 말하자 미야기가 얼굴을 찌푸렸다.

"그건 감자칩 맛이잖아."

"그렇다고도 할 수 있지."

"오늘 왜 이래? 이상한 짓 하지 마."

"더는 이상한 짓을 당하고 싶지 않다면 뭔가 명령해."

미야기와 있으면, 나도 모르는 내가 어디선가 나타난다. 얼마 전의 나라면 명령받기도 전에 미야기의 손가락을 핥지는 않았을 것이다. 깊이 관여할 생각은 없었는데, 그것이 잘되지 않는다.

"아직 생각 안 했어."

미야기가 그렇게 말했다.

“숙제 해줄까?”

“센다이, 시끄러워. 직접 생각할 테니까 조용히 해.”

오늘은 숙제하라고 명령할 기분도 아닌 모양이다.

미야기가 만화책을 테이블 위에 두고 천천히 사이다를 마셨다.

명령하는 것은 좋아하지만, 당하는 것은 좋아하지 않는다.

그런 알기 쉬운 얼굴을 한 채로 미야기가 가방 안을 뒤지기 시작했다. 할 일이 없어진 나는 감자칩 봉지에 손을 뻗었다. 하지만 곧바로 되돌려 자신의 손끝을 핥자, 미야기와 같은 맛이 났다.

“센다이.”

찾고 있던 것을 발견했는지 평소와 다름없는 목소리가 들려왔다.

“명령이야. 이거 숨겨줘.”

“지우개?”

나는 테이블 위에 놓인 것을 바라보았다.

“그래.”

“숨기는 곳은 어디든 상관없어?”

“어디든 상관없지 않아. 센다이의 교복에 숨겨. 나중에 내가 찾을 테니까.”

“……미야기는 이상한 것만 떠올리네.”

방 어딘가에 지우개를 숨기는 게임이라면 즐거웠겠지만, 교복 어딘가에 숨기는 게임이라고 하면 게임의 의미가 달라진다.

"이상한 게 아냐."

"무조건 이상한 짓 하려는 속셈이잖아."

"이상한 짓이라니, 센다이는 무슨 일을 당할 거라 생각하는데?"

"미야기가 이상한 곳을 만지겠지."

"그런 생각을 하는 쪽이 더 이상해. 센다이는 변태네."

"변태는 미야기 쪽이지."

"딱히 내가 변태여도 상관없으니까 빨리 숨겨줘."

오천 엔을 받아 버린 이상 거부권은 없다.

만져진다고 해도 옷 위에서 만질 테니 별로 대단한 일은 아니겠지.

나는 테이블 위에서 지우개를 집어 들고 일어섰다.

"그럼, 뒤로 돌아."

그렇게 말하자 미야기가 순순히 뒤를 돌았다.

블레이저에 스커트.

그리고 블라우스.

자신의 교복을 가만히 바라보았다.

교복에 지우개를 숨기라는 명령을 들었지만, 아무리 쳐다봐도 지우개를 숨길 만한 장소는 주머니밖에 없다. 양말

속에 숨기려고 하면 숨기지 못할 것은 없지만 분명 금세 들킬 것이다. 넥타이는 불가능하고, 옷깃 뒤에 붙이려고 해도 테이프가 없다. 설령 있다고 해도 너무 눈에 띈다.

숨길 수 있는 장소가 한정되어 있다.

그런 것은 미야기도 알고 있을 테니 이 게임은 당연히 나의 패배가 정해져 있었다. 지우개를 찾는 척하면서 몸을 만지며 내가 싫어하는 얼굴을 보고 싶다거나, 반응을 보고 싶다거나, 그런 것이 목적인 거겠지.

애초에 게임이라고는 하지 않았고, 졌을 때 벌칙이 있다고도 하지 않았다.

적당히 숨겨서 미야기에게 맞춰주면 되는 일이다.

나는 쓰다 남은 지우개를 블레이저 오른쪽 주머니에 넣었다. 어느 주머니에 숨겨도 금방 들킬 테니 꺼내기 쉬운 장소에 숨겨 두는 편이 나을 것 같다.

"숨겼으니까 이쪽 봐도 돼."

미야기를 부르자 조용히 이쪽을 향하더니 나를 쳐다본다.

주머니가 조금 부풀어 있었으니, 지우개가 숨겨진 장소를 모를 수가 없을 것이다. 실제로 미야기의 시선은 오른쪽 주머니 근처에 잠시 머물렀다. 하지만 찾았다는 말은 하지 않는다. 말없이 다가오는가 싶더니 TV에서 본 검사관 같은 모습으로 블레이저 위에서 몸수색을 시작했다.

그렇겠지.

이럴 줄 알았어.

미야기가 기계적으로 내 어깨나 등을 만져왔다. 불쾌하지는 않지만, 그렇다고 더듬더듬 몸을 만지는 것을 재밌다고 느낄 정도로 마음이 넓지는 않았다. 하지만 블레이저 위로 만져서 그런지 그렇게 신경에 거슬리지는 않았다.

미야기의 손이 부자연스럽게 주머니를 피해 스커트에 닿았다.

허리뼈 부근을 쓰다듬고는, 허벅지를 두드리며 지우개를 찾는다.

하지만 있을 리가 없다. 최종적으로 스커트 주머니까지 손이 닿았다. 부드럽게 주머니 위를 쓰다듬어본 뒤 미야기가 등 뒤로 돌아갔다. 뭘 하려나 싶어 몸을 돌리려 했는데 그보다 더 빠르게 미야기의 손이 주머니 속으로 들어왔다.

앞에서 하면 손을 넣기 어려워서 그런 것일까.

그렇구나, 하고 납득하는데 손이 이리저리 움직이기에 나도 모르게 미야기의 팔을 잡았다.

"손, 그렇게 움직이지 마."

주머니를 이루고 있는 천은 스커트 원단에 비해 얇았다. 지우개가 없는 것을 알고 있음에도 꼼꼼히 확인해 오는 손은 직접 다리에 닿는 느낌이라 기분이 좋지 않았다.

"움직이지 않으면 지우개가 있는지 모르잖아."

"보통 넣는 순간 알잖아."

"몰라."

미야기가 고집스럽게 손을 움직이려고 하기에 나는 주머니에서 그 손을 억지로 빼냈다.

이렇게 될 거라는 것은 알고 있었다.

아마도, 보복이다.

시오리라고 부르거나 손가락을 핥으면서 놀리는 짓을 해서 보복을 당하는 것이다. 앞으로 무슨 짓을 해올지는 모르겠지만, 나에게 있어서 즐거운 일은 아닌 것만은 확실하다.

"이제 그만하자."

"그만 안 해."

미야기는 그렇게 말하고는 내 앞에 서서 블레이저의 단추를 풀었다.

그만두지 않을 것이라 예상했고, 블레이저의 단추를 벗기리라는 것도 이미 예상했다. 그럼에도 반사적으로 몸이 굳었다. 미야기가 블레이저 앞을 활짝 펼치고 지우개가 없을 것이 뻔한 블라우스를 바라보았다. 시선이 위에서 아래로 움직인다. 오른손이 뻗어 나와 옆구리를 만졌다.

찰싹찰싹 탐색하듯 손이 움직였고, 나는 미야기의 팔을 눌렀다.

간지러워.

블레이저 위에서라면 그나마 견딜 수 있지만, 블라우스는 천이 너무 얇았다. 손이 움직일 때마다 소름이 돋아나서 그만 만졌으면 했다. 교복이 나와 미야기를 분리하고 있을 텐데, 직접 몸을 만지는 것 같은 기분이 들었다.

이건 단순한 게임이다.

신경 쓸 만한 일은 아니다.

스스로를 그렇게 설득시켰지만, 블라우스는 조금도 도움이 되지 않았다. 얇은 천이 미야기의 체온을 그대로 전해주어, 마치 해서는 안 될 짓을 하고 있다고 뇌가 오해할 것만 같았다.

슬슬 말려야 한다는 생각이 들었지만, 미야기는 손을 멈추기는커녕 더 강하게 움직였다. 빵이라도 잡아뜯는 것처럼 옆구리를 움켜쥐자 몸이 흠칫 떨렸다. 정신을 차리고 보니 그녀의 왼손이 허리뼈 조금 위 부근을 쓰다듬고 있었다.

"옆구리, 약해?"

확실히 즐기는 것 같은 말투로 미야기가 물었다.

"약하다기보단, 간지러워."

"그게 약하다는 거잖아."

미야기의 손끝이 옆구리를 천천히 쓰다듬었다.

블라우스가 스쳐 등이 오싹했다.

손끝은 등 쪽으로 향했고, 글씨를 쓰듯 손톱이 블라우스 위를 움직였다.

나는 미야기의 팔을 잡았다.

만지는 방식이 아까와는 다르다.

표정은 평소와 다름없지만 외설적이라고 할까, 어쨌든 친구들이 만지는 방법은 아니다. 우미나 일행이 장난으로 만져오는 것과는 다른 감각이었다.

조금 전까지 하던, 감정 없이 만지는 쪽이 더 낫다.

그냥 게임이라고 생각할 수 있으니까.

하지만 이건 선을 넘었다.

"간지러우니까 그만해."

이대로 계속되면 원치 않는 감정이 내 안에 생겨날 것 같은 느낌에 팔을 잡은 손에 힘을 실었다.

"그럼 다른 곳 찾아볼 테니까 손 떼."

"떼는 건 상관없지만 같은 짓을 하면 후려칠 거야."

"폭력은 룰 위반 아니었나?"

조용한 목소리가 들려왔지만 그런 말은 듣지 않아도 알고 있었고, 타인을 때리는 짓 따위는 하고 싶지 않았다.

"반드시 다른 곳을 찾아."

그렇게 못을 박고 손을 떼자, 미야기는 같은 짓은 하지 않았다. 대신 자유로워진 손이 블라우스의 가슴 주머니로 들어왔고, 나는 스커트 주머니 속에서 당했던 일을 떠올렸다.

"거기 없다는 거 알고 그러는 거지?"

미야기의 다리를 발로 차며 항의했다.

블라우스 같은 힘없는 천 위에서 만져지고 싶지 않았다.

"센다이, 룰 위반. 그리고 확인하지 않으면 정말 숨겼는지 아닌지 모르잖아.”

“짜증 나.”

미야기의 목소리가 너무 즐거워 보여서 정말로 약이 올랐다.

“괜찮아. 없다는 건 알았으니까 다른 곳을 찾아볼게.”

뭐가 괜찮은지는 모르겠지만, 가슴 주머니에서 손이 빠져나갔다.

“이제 그만 끝내. 정답이 뻔히 다 보이잖아.”

이런 게임은 이제 그만해.

알고 있었지만, 계속해도 될 만한 것은 아니었다.

“좀 더 어울려 줘.”

“아직도 뭐가 더 있어?”

“넥타이 풀게.”

“뭐?”

무의식중에 한 말은 자연스레 무시당하고, 미야기에 의해 넥타이가 풀렸다. 그리고 그녀의 손이 거침없이 목덜미에 와 닿았다. 손바닥이 빈틈없이 착 달라붙었다.

천 너머와는 확실히 다른 선명한 감각.

미야기의 손이 이상하게 뜨거웠다.

어쩌면 내가 그 정도의 열기를 지닌 것일 수도 있겠지만, 잘 모르겠다. 손에 더욱 힘이 실리자, 나와 미야기의 경계가 애매해지는 것 같은 기분이 들었다. 그것은 어쩌면 그곳이 그녀의 입술이 닿은 장소였기 때문일지도 모른다.

"시오리."

부르지 말라는 말을 들었던 호칭으로 미야기를 부르며, 그녀의 손에 내 손을 겹쳤다.

"그 호칭, 쓰지 마."

목덜미에 달라붙어 있던 그녀의 손을 내 손과 함께 비틀어 떼어낸 미야기는 미간을 찌푸리고 화가 난 얼굴로 나를 노려보았다.

불쾌한 얼굴을 한 그녀를 보자 무거워지려 했던 내 마음이 가벼워졌다.

미야기도 조금은 곤란해지면 좋겠다. 나만 곤란한 건 불공평하다.

"한 번 더 불러줄까?"

부드럽게 묻자, 미야기의 미간에 주름이 잡힌다. 왜 그런지는 모르겠지만, 나에게 이름을 불리는 것은 그녀에게 불쾌한 일인 모양이다.

"조용히 해."

미야기가 못마땅한 얼굴로 그렇게 말하며 블라우스의 단추에 손을 가져갔다.

"뭘 하려고?"

대답은 없다.

미야기가 말없이 블라우스의 단추를 풀었다.

위에서부터 두 개는 처음부터 풀려 있었다. 그러니 자연스럽게 푼 단추는 세 번째였고, 나는 네 번째를 풀려고 하는 미야기의 어깨를 눌렀다.

"잠깐만."

"뭐야?"

"손, 치워. 벗길 생각이야? 그런 짓할 필요는 없잖아."

나는 미야기의 손을 털어내고 풀린 단추를 잠갔다.

분명 진심으로 벗길 생각은 없었겠지. 게임은 도중부터 인내심 싸움으로 변해 있었고, 어느 쪽이 먼저 항복을 선언할 것인가를 겨루고 있었을 뿐이었다. 넘지 말아야 할 선은 서로 이해하고 있었다.

"이 안에 숨긴 게 아닐까 생각한 것뿐이야."

"숨길 리도 없고, 이런 건 룰 위반이야."

"선을 넘는 건 안 된다는 룰이지, 옷을 벗기면 안 된다는 말은 안 했잖아?"

"그럼 당장 룰에 추가해."

"농담이야. 벗길 리가 없잖아."

알고 있다.

농담이라는 것은 알고 있다.

이런 것은 말장난의 연장일 뿐이고, 내가 하지 말라고 부탁하길 기다린 것뿐이라는 것을.

하지만 이런 농담은 언제나 끝이 안 좋다.

"어디 숨겼는지 이미 알고 있잖아."

꾸욱 하고 미야기의 발을 밟자, 그녀가 블레이저의 오른쪽 주머니를 건드린다.

"여기?"

"정답. 게임은 이걸로 끝."

한 번 더 하자는 말을 꺼내기도 전에 게임 끝을 고하고 넥타이를 다시 맸다. 나는 「미야기는 밝힌다」며 불평을 한마디 던진 뒤 침대에 걸터앉았다.

"그래서 명령은 이걸로 끝이야?"

그렇게 묻자, 미야기가 재미없다는 듯이 「끝이야」라고 말하고는 사이다를 들이켰다. 빈 잔을 테이블에 두고 침대를 등받이로 삼은 미야기가 바닥에 앉았다.

얼굴은 보이지 않는다.

무슨 생각을 하고 있는지도 모르겠다.

그녀는 이상한 짓밖에 하지 않는다.

변덕스럽게 다가오는가 싶으면 또 싫증 난 장난감처럼 나를 방치한다.

미야기의 교복이 다리에 닿았다.

나는 블레이저가 간지러워서, 그녀의 어깨를 두드렸다.

제9화
센다이가 눈치챘어도 상관없다

냉장고를 열어봤자 아무것도 없다는 것은 알고 있다.

나는 주방에서 한숨을 쉬었다.

센다이가 재료를 사 오지 않으면 닭튀김을 만들 수도 없다.

—뭐, 재료가 있다고 해도 내가 만들 수는 없겠지만.

"뭘 먹을까."

고를 수 있을 정도의 뭔가가 있는 양 중얼거려 보았으나, 이 집에서 간단하게 먹을 수 있는 음식이라고 하면 하나뿐이었다. 나는 냉장고를 닫고 주방 선반 안에서 컵라면 두 개를 꺼내 한쪽 포장 필름을 벗기고 뚜껑을 열었다. 또 하나의 포장 필름도 떼어내려다가, 곧 필요 없는 행동임을 깨달았다.

"정말이지."

변덕으로 시작한 지우개 찾기 게임 후, 왠지 모르게 어색해져서 센다이를 집으로 돌려보냈다. 그럼에도 두 사람의 몫을 준비하려고 했던 것은, 그녀가 온 날에는 함께 저녁을 먹는 것이 이젠 거의 습관이 되어 있었기 때문이었다. 나도 모르게 생겨난 버릇처럼 몸이 제멋대로 움직였다.

나는 필요 없는 한 개를 선반에 내려두고 나서 카운터 테이블 위에 컵라면을 놓고 뜨거운 물을 부었다. 그리고 주방 타이머를 맞춰놓고 3분을 기다렸다.

쓸데없이 넓은 주방과 거실은 어딘가에 무언가가 도사리고 있을 것만 같아 혼자 있으면 마음이 어수선했다. 내 집에 있는데도 내 방 말고는 남의 집처럼 느껴졌다.

나는 뒤를 돌아 아무도 보지 않는 텔레비전과 아무도 사용하지 않는 테이블을 보았다.

여기서 아빠와 같이 밥을 먹었던 게 언제였더라.

떠올리려고 해봤지만 떠오르지 않았다. 찾을 수 없는 기억에 하아, 하고 한숨을 한번 내쉬는데 주방 타이머가 날카로운 소리로 울어 흠칫 몸을 떨었다.

"깜짝이야."

심장에 해롭다.

센다이가 하는 짓만큼이나 심장에 해로웠다.

오늘 그녀에게 「시오리」라고 불려 심장이 멎는 줄 알았다. 나를 시오리라고 부르는 것은 마이카와 아미뿐으로, 센다이에게는 지금껏 한 번도 그렇게 불린 적이 없었다. 그래서 예상치 못한 호칭에 호흡이 흐트러졌다.

이름을 부르는 소리에 바로 돌아보지 않은 것은 어쩔 수 없는 일이었다.

나는 컵라면 뚜껑을 벗기고 면을 입으로 가져갔다.

"별로 맛이 없네."

컵라면 자체가 그렇게 맛있는 음식은 아니지만, 누군가와 함께 먹는 편이 그나마 더 맛있다.

비록 센다이라도 곁에 있는 편이 나았다.

하지만 그녀가 평소와는 다른 짓을 해와서 결국 혼자 먹게 되었다.

"오늘은 왜 그랬을까."

센다이는 원래도 허물없긴 했지만, 이전보다 훨씬 더 허물이 없어졌다. 거리감도 이상하고, 명령하지 않았는데 손가락을 핥지를 않나, 갑자기 시오리라고 부르기도 했다. 더 가까이 가도 된다는 듯이 만져오기에 나도 그녀를 만져보고 싶어졌다.

그 결과가 지우개 찾기다.

센다이는 이상하다.

제정신이 아니다.

그녀가 멀쩡했다면 혼자 저녁을 먹는 일은 벌어지지 않았을 것이다.

무슨 일이 있었길래 이런 일이 된 것일까.

짐작이 가는 것은—.

나는 보리차를 가져와 테이블 위에 잔을 놓았다.

내 목을 손끝으로 만져보자, 손이 굉장히 차갑게 느껴졌다.

아마도 센다이는 내가 한 일을 눈치챘을 것이다.

센다이가 교과서 표지에 주름을 만든 날, 나는 그녀의 목덜미를 만졌다. 그녀가 짓궂은 일을 하기 시작한 것은 그때부터다. 나름대로는 순종적이었는데, 요즘의 센다이는 반항적이고 필요 없는 짓만 하고 있었다. 나는 이름을 불리고 싶지도 않고, 명령하지도 않은 것을 받고 싶지도 않았다.

이곳에는 룰이 있다.

그것만 잘 지키면 센다이는 어떤 명령이라도 들어준다.

나는 룰의 범위 내에서 어떤 명령이든 내릴 수 있었다. 그녀를 만지고 싶으면 만져도 되고, 반항적인 태도를 바꾸는 것도 가능했다. 마음만 먹으면 잊어 주길 바라는 것을 「잊어」라고 명령하는 것도 가능하니 센다이가 내가 한 일을 눈치채고 있다 해도 상관없다. 아무 문제 없었다.

그런데 오늘은 하면 안 되는 짓을 한 것처럼 어색해졌다.

나는 들어 올린 라면을 먹으며 보리차를 마셨다.

역시 맛이 없었다.

맛을 느끼며 먹을 정도의 음식도 아니었기에 남은 면을 위장에 다 털어 넣고 일어났다. 나온 쓰레기를 정리하고 불을 껐다.

캄캄해진 거실은 자신의 윤곽조차 뚜렷하지 않았다.

센다이의 혀가 닿았던 손가락을 사라진 조명에 가져갔다.

아무것도 보이지 않는다. 손끝을 확인하듯 입술로 만졌다.

당연하지만 아무 맛도 나지 않았고, 나는 내 방으로 돌아갔다.

"아, 지우개."

열린 가방을 보고 뒤늦게 떠올랐다. 센다이에게 지우개를 돌려받지 않았다.

"왜 안 돌려준 거야."

숙제를 못 하잖아.

딱히 의욕이 있는 것은 아니었지만 일단은 해둘 생각이었다. 그러려고 했는데, 센다이 때문에 못 하게 됐다. 이럴 줄 알았으면 숙제를 해 달라고 할 걸 그랬다. 하지만 센다이는 이미 집으로 돌아갔고, 불평해도 지우개가 돌아오는 일은 없다. 숙제가 마법처럼 끝나지도 않는다.

마이카에게 보여달라고 할까.

숙제는 내일의 마이카에게 맡기기로 하고 일찍 잠에 들었다.

결국 나는 다음 날 아침 편의점에서 지우개를 사서 학교에 가게 되었다.

센다이는 옆 반이지만 지우개를 돌려주러 오지는 않았다. 스쳐 지나가도 지우개에 대해 입에 담지도 않았다. 학교에서는 말을 걸지 않겠다는 약속이니까, 그럴 수밖에 없다. 조금도 불만스럽게 느끼지는 않는다. 지우개의 행방은 다음에 불렀을 때 물어보면 된다. 새 지우개가 있으니까 곤란하지도 않았고, 지우개 같은 것은 저렴하니까 잃어버렸다면 그것으로 상관없었다.

다만, 그 후에 센다이를 부르고 싶을 정도로 안 좋은 일은 일어나지 않았다. 조금 정도의 안 좋은 일은 참기로 결심했고, 어쩐지 그녀를 불러내기 어려운 마음도 있었다. 하지만 마지막으로 부른 날 이후 일주일이 넘어가자, 그녀를 부르지 않을 수 없었다.

그야, 갑자기 센다이를 부르지 않으면 이상하니까.

나는 처음으로 용건도 없는데 그녀에게 메시지를 보냈다.

『오늘 우리 집으로 와.』

곧바로 입시학원이 있다는 대답이 돌아왔고, 그녀는 다음 날에야 내 방으로 왔다.

◇◇◇

오랜만이라고 할 정도는 아니다.

하지만 교복이 춘추복으로 바뀐 탓에 그녀는 평소와 다른 느낌이었다. 그래서인지 내 방에 있는데도 조금 마음이 어수선했다.

"미야기, 무슨 일 있었어?"

센다이가 블라우스의 단추를 풀면서 말했다.

"왜?"

"음, 좀처럼 부르지 않길래."
"바빴을 뿐이야."
"흐음."
센다이는 바빴던 이유를 묻지 않았다.
물론 물어본다 해도 대답할 생각은 없었다. 사실은 바쁘지 않았으니까, 물어도 구체적인 내용은 대답할 수 없었다.
나는 보리차와 사이다를 들고 와 센다이에게 오천 엔을 주었다.
"고마워."
그렇게 말하고 그녀는 돈을 받은 뒤 침대에 걸터앉았다.
나는 평소와 마찬가지로 오천 엔을 받은 그녀에게 남몰래 안심했다. 교복이 블레이저에서 니트 조끼가 되었다는 것 외에 센다이는 바뀐 것이 없었다. 여전히 블라우스 단추는 두 개가 풀려 있고 넥타이도 느슨하다.
"그거, 안 벗을 거야?"
테이블을 사이에 두고 센다이의 맞은편에 앉아 조끼를 가리키며 물었다. 그러자 놀리는 듯한 말이 들려왔다.
"미야기는 걸핏하면 남을 벗기려고 한다니까."
"그런 뜻이 아니야. 센다이는 블레이저 자주 벗고 있잖아."
"알고 있어. 그래서 오늘은 뭐 할 거야?"
"센다이, 너무 급해."
오늘은 센다이를 부르고 싶을 정도로 안 좋은 일이 딱히 없었는데도 그녀를 불렀다. 그래서 명령하고 싶은 것이 바로 떠오르지 않았다.

"일단 숙제부터 할 거야."

딱히 공부가 하고 싶은 것은 아니지만, 센다이를 조용히 시킬 방법이 달리 없었다. 그녀에게 숙제를 시켜도 되겠지만 그러면 내가 할 일이 사라져 버린다.

오늘은 뭔가 하지 않으면 쓸데없는 짓을 해버릴 것 같아서 무서웠다.

"그럼 책 꺼내 봐."

센다이가 일어나 내 옆에 앉았다.

"내가 알아서 할 테니까 센다이는 편하게 있어도 돼."

나는 센다이의 맞은편에 자리를 잡고 앉아 수학 교과서와 노트를 테이블 위에 내려두었다.

"미야기가 직접 한다고?"

센다이가 호들갑스럽게 놀랐다.

"그럴 건데?"

"오늘은 숙제하라고 명령 안 해?"

"안 해."

"미야기가 갑자기 성실해졌어."

"원래부터 성실해."

"그럼 나도 숙제나 할까."

센다이가 의욕이 나지 않는 목소리로 그렇게 말하더니

가방에서 영어 교과서와 노트를 꺼냈다. 그리고 인쇄물을 몇 장 테이블 위에 올려두었다.

곧 종이 위에서 펜이 움직이는 소리가 들려왔다.

나는 수학 교과서에 시선을 떨어뜨렸다. 숫자에 알파벳, 덤으로 기호까지 나열된 교과서를 보고 있으니 현기증이 났다. 수식에 아름다움을 느끼는 사람도 있다고 하지만 나에게는 풀리지 않는 암호로만 보였다. 그래도 문제를 풀지 않으면 숙제가 끝나지 않으니 머릿속에서 공식을 찾았다. 하지만 분명 언젠가 배웠을 공식은 찾을 수가 없었다.

센다이를 힐끗 바라 보았다.

그녀는 예쁜 글씨체로 알파벳을 적고 있었다.

종이 위를 펜이 움직이는 소리에는 막힘이 없었고, 센다이에게 풀 수 없는 문제 따윈 없는 것이 아닐까 싶어 부러움이 들었다.

나는 중단했던 수식과의 싸움을 재개했다.

중간중간 손을 멈추며 느리게 문제를 풀어나갔다. 숙제는 생각만큼 진행되지 않았다. 조용한 방 안에 시간만이 흘러갔다. 숫자를 쫓는 눈이 따끔거리는 것 같아 작게 한숨을 내쉬자 맞은편에서 펜이 굴러왔다. 고개를 들자 센다이가 나를 보고 있었다.

"끝났어?"

"안 끝나."

쌀쌀맞게 그렇게 대답하고는 펜을 돌려주었다. 교과서에 시선을 떨어뜨리자 정수리를 쿡쿡 찔러온다.

"아파. 센다이, 방해하지 마."

"내가 알려줄까?"

직접 생각할 거니까 됐어.

그렇게 말하며 거절하기도 전에 센다이가 옆으로 왔다.

"안 알려줘도 돼."

"심심하단 말야."

그렇게 말하며 내 노트를 들여다보기에 어깨를 눌러 거리를 벌렸다.

"평소처럼 만화라도 읽고 있으면 되잖아."

"거의 다 읽었어."

"새 거 샀으니까 그거 읽어."

일주일 사이에 만화책을 두 권 샀다. 시간을 때울 거라면 그 두 권만으로도 충분하다고 생각하는데, 센다이는 만화가 아니라 내 노트를 빼앗아 가운데 부근을 가리켰다.

"여기 틀렸어."

"어?"

"계산 실수했어. 그리고 여기."

센다이가 자신의 펜을 잡았다. 그리고 부탁하지 않았는데도 틀린 것으로 보이는 부분을 몇 곳 정정해주면서 해설을 시작했다.

그녀의 설명은 알기 쉬웠다.

나도 알 수 있을 정도로 정확하게 알려주었다.

다만 거리가 이상했다.

"잠깐, 센다이, 가까워."

조금 거리를 벌렸을 텐데, 교복이 닿을 정도의 거리에 센다이가 있었다.

"그래?"

"요즘 너무 허물없이 굴어. 거슬리니까 좀 떨어져."

나는 센다이의 팔을 밀어 그녀를 테이블 끝으로 내쫓았다.

"거슬린다니. 말이 심하지 않아?"

"안 심해. 게다가 붙어 있으면 더워."

아직 5월이 절반하고도 조금밖에 지나지 않았는데도 여름처럼 더운 날씨가 계속되고 있다. 상대가 센다이가 아니더라도 남과 붙어 있을 만한 기온은 아니었다.

"나랑 가까이 있기 싫은 이유가 그것뿐이야?"

"그것뿐이야. 나머지는 내가 알아서 할 테니까 센다이는 저쪽으로 가."

나는 책장을 가리켰다.

그러는 김에 사둔 만화의 제목도 알려주고 어느새 센다이에게 가 있던 교과서와 노트를 되찾아왔다. 하지만 아무리 기다려도 그녀는 책을 가지러 가지 않았다. 오히려 떨어진 거리를 더 좁혀오며 교과서와 노트를 자신 쪽으로 끌어당겼다.

"덥다고 했잖아."

"나는 안 더운데."

"거짓말. 센다이는 더위 많이 타잖아."

겨울 동안 팬히터의 온도를 높게 설정해둔 탓인지 센다이는 항상 블레이저를 벗고 있었다.

나의 적당함과 그녀의 적당함은 달랐다.

추위를 타는 내가 덥다고 느낄 정도의 방에서 센다이가 덥지 않을 리가 없다.

"이렇게 하면 시원하잖아?"

테이블 끝에서 에어컨 리모컨을 든 센다이가 전원을 켰다.

"멋대로 켜지 마."

나는 리모컨을 뺏고 전원을 껐다.

대체 뭐냔 말이다.

센다이가 얼마 전보다 더 가깝게 다가오고 있었다.

"있지, 미야기."

더는 상대하지 말자.

나는 그녀를 무시하고 교과서를 보았다. 펜을 잡고 봐둔 문제를 풀려고 하지만 센다이가 숙제를 계속하고 싶다는 내 뜻을 무시했다.

"여기."

그녀의 손끝이 내 목덜미를 어루만졌다. 무심코 고개를

들자 찰싹, 손이 목에 붙었다.

"내가 만지는 이유, 알지?"

센다이가 조용히 말하고, 말을 이어갔다.

"내가 자고 있을 때 왜 여기에 키스했어?"

그녀의 손이 다시 한번 내 목덜미를 쓰다듬었다.

"눈치챘으면 그 자리에서 물어보지 그랬어. 왜 지금 물어보는 거야?"

"내 질문에 먼저 대답한 뒤에 질문해."

화를 내는 것은 아니다. 하지만 상냥한 말투도 아니다.

센다이는 들을 권리가 있다고 생각했다.

그리고 자신이 한 짓을 생각하면 나는 질문에 대답해야 하지만, 「왜?」라는 질문을 받아도 대답할 말이 없었다. 어째서 그런 짓을 한 것인지, 내가 더 알고 싶을 정도다.

"미야기, 대답해."

조용히 재촉해오는 말에 목에 붙은 그녀의 손을 떼어냈다.

"입이 닿은 것뿐, 키스한 건 아냐."

"평범하게 있으면 이런 곳에 입술이 닿는 일은 없을 것 같은데."

"대답, 알잖아. 평범하게 있지 않았으니까."

센다이의 말이 맞다.

평범하게 있었다면 자고 있는 그녀의 목덜미에 입술이 닿았을 리가 없다.

나는 일부러 그곳을 건드렸다.

그런 기억은 확실하게 있다. 하지만 자신의 행동을 설명할 수는 없었다. 뭔가 이유가 있어서 한 일은 아니었고, 이유가 있었다고 해도 스스로 의식할 수 없는 곳에 있었다.

나는 센다이의 시선에서 벗어나기 위해 교과서를 닫았다.

지금 「더 이상 묻지 마」라고 명령하면 이 어색한 시간을 강제로 끝낼 수 있겠지만, 그런 짓을 하면 그녀는 사사건건 이 이야기를 들먹일 것이 분명했다.

그건 귀찮을 것 같았다.

"딱히 그 이상의 일은 안 했으니까 상관없잖아. 납득했어?"

선생님한테 변명이라도 하듯 센다이를 보지도 않고 덧붙이자 그녀가 블라우스의 소매를 잡아당겼다. 보고 싶지도 않은데 센다이를 보게 되어 눈을 돌리려고 하자, 그녀가 어느 때보다 진지한 얼굴로 말했다.

"지금은? 만지고 싶어?"

왜 그런 걸 물어보는 것인지 이해가 가질 않는다.

그리고 아까 내 대답에 납득을 했는지도 모르겠다.

여전히 거리감이 이상한 그녀는 내 근처에 있었고, 블라우스의 소매는 계속 잡은 채였다. 좀 더 떨어지고 싶은데, 대답하지 않으면 블라우스를 놔주지 않을 것 같은 분위기가 감돌고 있었다.

"그건, 대답하라는 명령이야?"

"명령하는 건 미야기잖아. 이건 그냥 질문하는 거야."

"만지고 싶다고 하면 만지게 해줄 거야?"

"어디를 만지고 싶은데?"

"질문에 대답한 뒤에 질문하라고 한 게 누구더라?"

"미야기의 대답에 따라 다르니까."

조용한 목소리가 귀에 울렸다.

—장소에 따라서는 만지게 해주겠다.

그녀의 말은 그런 뜻인 것 같았다.

하지만 어째서?

평소의 센다이라면 하지 않을 것 같은 말만 해오니 생각이 도통 정리되질 않았다.

어디라고 말한다면—.

어쩌면 놀리고 있는 것뿐인지도 모른다.

애초에 지금, 나는 센다이를 만지고 싶은 것일까.

머릿속에 여러 가지 것들이 떠올랐다가 곧 사이다 거품처럼 사라져 갔다. 그와 함께 기억의 단편도 터지면서 침대에서 자고 있던 센다이가 떠올랐다.

나는 그날 센다이의 입술도 만졌다.

목덜미에 닿기 전, 손끝으로 매만진 입술은 마시멜로처럼 부드러웠다.

만질 수 있다면, 그곳을 만지고 싶다고 생각했다.

나는 센다이에게 손을 뻗었다. 질문에 대답한 것은 아니지만, 의도가 전해졌는지 그녀는 도망치지 않았다. 잡혀 있던 블라우스의 소매가 풀리면서, 손끝이 아무런 방해 없이 입술에 닿았다.

역시, 부드럽다.

가볍게 누르자 센다이가 손가락을 핥아와 나는 황급히 손을 움츠렸다.

"명령해."

센다이가 조금 낮은 목소리로 말했다.

하지만 언제 어떤 것을 명령할지는 내가 결정할 일이었다.

센다이가 결정할 일이 아니다.

"미야기."

명령을 재촉하듯 힘 있게 이름을 불러온다.

말을 듣고 뭔가 명령하는 것은 성에 차지 않았고, 센다이에게 명령하라는 명령을 받는 것도 이상했다. 그렇게 생각했지만, 말하지 않을 수 없었다.

"……눈, 감아."

"알았어."

센다이는 잘못됐다.

명령의 의미를 알았다면 불평을 해야 할 상황이다. 하지만 그녀는 눈을 감았다. 이후에 일어날 일을 모를 리가 없는데도, 명령에 따랐다.

나는 그녀의 뺨을 손끝으로 만졌다.

코가 있고, 눈이 있고, 입이 있다.

다만 그것들의 배치가 다른 사람보다 조금 잘 되어있는 센다이는, 모델이나 아이돌만큼은 아니지만 반듯한 얼굴을 하고 있었다. 미인이라고 바꿔 말할 수 있을 정도로.

서점에서 오천 엔을 주기 전까지는 아무런 접점이 없었다.

원래라면 센다이가 우리 집에 오는 일은 없고, 명령을 들을 일도 없다. 지금처럼 다른 반이 됐다면 나는 잊히고 기억에 남지도 않았을 것이다.

그러니까 이런 일은 없어야 하는 일이었다.

센다이가 왜 눈을 감았는지 이해할 수 없었다.

다가가면 눈을 뜨고 진심이었냐며 나를 비웃을지도 모른다. 그런 짓을 할 사람이 아니라고 생각하면서도, 있을 수 없는 상황에 머리가 따라가질 않았다. 그러면서도 몸은 센다이에게 다가갔다.

깨닫고 보니 입술과 입술의 거리는 5센티미터도 되지 않았다.

심장이 아프다.

숨을 들이마시고 내쉬는 것이 힘들었다.

호흡하는 법을 잊어버린 기분이다.

볼에 닿은 손의 엄지로 입술 끝을 만졌다.

센다이는 움직이지 않았다.

조금만 더 다가가서, 나도 눈을 감았다.

간단한 일이다.

그녀는 명령에 거역하지 않았다. 5센티미터도 안 되는 거리는 순식간에 좁힐 수 있었고, 눈은 감고 싶지 않다면 감지 않아도 된다.

얼굴을 조금 기울여서.

—정말 닿아도 되는 것인지, 자신이 없어졌다.

키스를 하면 센다이가 더는 이 방에 오지 않게 될지도 모른다는 생각이 머리에 떠올랐고, 나는 그녀의 어깨를 밀었다.

"미안해. 오늘은 그만 돌아가."

"어?"

센다이가 눈을 떴다.

"미야기?"

나는 놀란 목소리를 낸 그녀의 손을 잡아 일으켜 세우고 짐을 정리해 가방을 들게 했다. 방문을 열고 등을 눌렀다.

지금 무엇을 하는 것이 정답인지 알 수 없었고 생각할 수도 없었다. 돌려보내는 것보다 더 좋은 방법이 있을지도 모르지만, 지금은 그 방법을 찾을 여유가 없었다. 게다가 센다이에게 얼굴을 보이고 싶지도 않았다.

뒤돌아보지 말고, 돌아갔으면 좋겠다.

"잠깐만."

잠자코 돌아갈 생각이 없는 것인지 센다이가 몸을 다시

돌리려 했지만, 강제로 방에서 현관까지 데리고 갔다.

"미안해. 또 연락할게."

어째서, 할 말이 있어, 등등.

센다이가 무어라 말하고 있었지만 머리에 들어오지 않았다. 결국 신발을 신기고 현관에서 쫓아냈다.

"미야기. 문 열어!"

문을 두드리는 소리가 들려왔다.

열 생각은 없다.

열면 무조건 화를 낼 것이다. 평소 같으면 1층까지 배웅해 줬겠지만, 오늘은 무리였다.

"미야기!"

문 너머에서는 센다이가 나를 부르고 있다.

왜 키스하려고 했는지.

왜 키스를 하지 않았는지.

더는 알 수 없게 돼서, 문에 기댔다.

등 너머로 쿵쿵 하는 묵직한 소리가 울렸다.

그러고 보니 지우개에 대해 물어보는 것을 깜빡했다.

나는 이제 와서 그런 것을 떠올렸다.

제10화
미야기는 틀렸다

이상하다.

확실히 이상하다.

왜 내가 방에서 쫓겨나야 하는가.

몇 번이나 두드렸는지 모르지만, 또 한 번 쿵 하고 미야기의 집 문을 두드리다가 손을 멈췄다.

아무리 두드려봤자 미야기는 나오지 않을 것이고, 근처에도 민폐였다.

하지만 납득이 가질 않는다.

왜냐하면, 이상한 것은 미야기니까.

나는 아무것도 하지 않았다.

무언가를 하려고 한 것은 미야기였으니, 불만을 가질 권리는 그녀가 아닌 나에게 있다.

또다시 문을 두드리고 싶은 마음이 들었지만, 고민하다가 현관에서 몸을 돌렸다. 6층에서 거리를 내려다보니 사람과 차뿐이라 경치가 썩 좋지는 않았다. 비싸 보이는 맨션은 편리성에 특화된 것인지 보이는 풍경은 특별하지 않았다.

마음에 들지 않는다.

경치도, 미야기도, 전부 다.

나는 숨을 한번 크게 내쉰 뒤에 엘리베이터로 향했다. 평소 같으면 돌아갈 때는 미야기와 함께 엘리베이터를 탔을 텐데, 오늘은 혼자 탔다. 입구를 빠져나와 밖으로 나가 거리를 걸었다.

적어도 미야기는 나를 싫어하지는 않을 것이다. 친구도 연인도 아니지만, 호감과 비슷한 감정을 가지고 있다고 생각했다. 그러니까 그 상황에서 나를 쫓아내는 것은 이상하다.

"뭔가 내가 잘못한 것 같잖아."

눈을 감으라고 명령한 것은 미야기였고, 키스를 하려고 한 것도 미야기다.

그것을 멋대로 그만두고, 오늘은 그만 돌아가라고 했다.

어설프게 끝내놓고 대화도 하지 않고 밖으로 쫓아내버리다니, 남에게 명령을 따르라고 해놓고 할 짓은 아니었다.

……아니다, 거짓말이다.

미야기가 따르라고 한 것은 아니다.

내가 그런 명령을 하도록 만들었다.

미야기와 키스를 하면, 자신은 어떻게 될까.

그것이 궁금해서 명령하게 만들었다.

하지만 그렇게 명령하기로 결정한 것은 미야기다. 최종적으로 자신이 명령한다는 선택을 내렸으니 그에 대한 책임을 져야 한다고 생각했다. 화풀이든 뭐든, 그런 상황에서 그만두는 쪽이 잘못이다.

나는 걷는 속도를 높였다.

숨이 차오를 정도의 속도로 집에 돌아와 방에 틀어박혔다. 배가 고픈 것 같았지만 저녁을 먹을 마음은 들지 않았다. 교복을 벗고 실내복으로 갈아입었다. 그리고 가방에서 지갑을 꺼냈다.

"돌려줘도 안 받겠지?"

오늘 내가 한 일은 오천 엔에 맞지 않았다.

가능하면 돌려주고 싶지만, 미야기는 고집이 세니까 되돌려줄 것이 틀림없다. 여차하면 더는 연락이 오지 않을지도 모른다.

나는 오천 엔짜리 지폐를 저금통에 집어넣고 들어 올렸다. 무게가 달라졌는지는 잘 모르겠지만, 오천 엔은 확실히 늘고 있었고 넣은 금액만큼 마음도 무거워졌다.

"미야기는 바보야."

저금통에 화풀이를 하고는 침대에 누웠다.

이럴 때의 미야기는 나에게서 도망친다.

봄 방학 전 나에게 사이다를 쏟았을 때도 그렇다. 그녀는 나에게서 도망쳤고 연락을 하지 않았다. 충동적으로 행동했다가 곤란해지면 나를 피한다. 그것으로 일이 해결될 것이라고 생각한다.

"어차피 이번에도 똑같이 하겠지."

결국 이 예상은 맞아떨어졌고, 미야기에게서는 5일 동안 연락이 오지 않았다.

나는 방과 후 교실에서 스마트폰 화면을 응시했다.

겨우 5일이라고 할 수도 있지만, 나와 미야기 사이에 일어난 일을 생각하면 나름대로 긴 기간이었다. 그동안 그 정도로 연락이 없었던 적은 있었지만, 이번에는 일주일을 기다려도 2주를 기다려도 연락이 올 것 같지 않았다.

지금까지 사과한 적이 없던 미야기가 사과했다.

사과에 이르게 된 이유는 모르겠지만, 미야기가 나를 피하는 이유로는 충분하다고 생각했다.

스마트폰을 가방에 넣어두고 대각선 앞자리에 앉아있는 우미나를 보았다. 방과 후 예정으로 마리코와 즐겁게 떠들고 있는 그녀에게 말을 걸자 결정 사항을 통보받았다.

"지금 마리코랑 얘기했는데, 지금부터 늘 가는 거기로 가도 괜찮지?"

"미안해. 오늘은 입시학원 가야돼. 미안하지만 다음에 또 불러줘."

"뭐어? 가끔은 좀 빠져도 되지 않아?"

"부모님께 들키면 귀찮아지니까."

"부모 같은 건 화나게 하면 그만이지."

우미나의 무책임한 말에 마리코가 「맞아, 맞아」라며 가벼운 어조로 동의했다.

"대신 다음에 내가 살게."

나는 이런저런 메뉴를 제안하며 우미나 일행과 신발장으로 향했다. 두 사람과 함께 신발을 신고 교문에서 헤어졌다. 나는 우미나 일행의 모습이 사라지는 것을 확인하고 입시학원으로 가는 길과는 다른 길을 택했다.

지금까지 입시학원을 빼먹은 적은 없었지만, 오늘은 갈 마음이 없었다. 우미나 일행에게는 미안하지만 방과 후의 일정은 이미 정해졌다.

목적지는 미야기가 사는 맨션이다.

익숙한 길을 빠른 걸음으로 걷다 보니 순식간에 도착했다.

여기까지 온 이상 할 일은 하나다.

나는 입구의 초인종을 눌러 미야기를 호출했다. 하지만 반응은 없다.

"뭐, 안 나오겠지."

한 번, 두 번, 세 번.

인터폰 호출 버튼을 눌렀지만 미야기의 목소리가 들려오는 일은 없었다.

이럴 거라는 것 정도는 예상하고 있었다.

나는 스마트폰을 꺼내 미야기에게 메시지를 보냈나. 방과 후 호출은 항상 그녀에게서 왔었고 내가 먼저 메시지를 보낸 적은 없었지만, 안에 들여보내달라고 메시지를 보내는 것은 이번이 두 번째다.

『미야기, 인터폰 받아.』

『안에 있지?』

『무시하지 말고 받아.』

여러 개 보낸 메시지에는 곧 읽음이 떴지만, 답장은 오지 않았다. 예의 없는 짓이라는 것을 알면서도 인터폰을 연속으로 눌렀다. 봄 방학이 끝나고 반이 바뀐 후, 여기서 같은 일을 했을 때는 안에 들여보내주었다. 하지만 오늘은 인터폰에 나오지도 메시지에 답장을 해주지도 않았다.

화가 치밀었다.

무섭도록.

나는 처음으로 그녀에게 전화를 걸었다. 알고 있던 일이지만, 전화는 신호음만 계속 울릴 뿐 미야기의 목소리는 들려오지 않았다.

『전화 받아.』

메시지는 이제 읽음조차 달리지 않았다.

"왜 이렇게 말을 안 듣는 거야. 어린애도 아니니까 대답 정도는 하라고."

중간고사가 가까웠다.

이런 상황에서, 미야기에게 계속 메시지를 보내고 있을 때가 아니었다. 하지만 이 문제가 해결되지 않으면 시험공부를 할 수 없었다. 기억해야 하는 것들이 아무것도 머리에 들어오지 않았다.

미야기 때문에 모든 것이 엉망이다.

지독한 현기증이라도 이는 것처럼 머리가 어지럽고 속이 불편했다.

나는 맨션을 나와 집으로 향했다.

딱히 이 정도는 별다른 문제가 아니다.

애초에 미야기와의 관계는 끊어져도 상관없는 것이다. 졸업 전까지였던 관계가 조금 일찍 끝나는 것뿐이니 아쉽기는 하지만 어쩔 수 없다고 생각했다. 마음 편히 있을 곳이 사라지긴 하겠지만 다음 장소를 찾아도 그만이다.

하지만 이런 어중간한 상태에서 끝내는 것은 용납이 안 된다.

어디를 어떻게 돌아왔는지 모르겠지만, 집에 도착했다.

분명 평소대로 길을 걸어왔겠지.

미야기가 나를 무시한다는 것 외에는 아무것도 변하지 않는 일상이었다.

방에 들어가 책상 위를 바라보았다.

계기는 하나만 있으면 된다.

나는, 계속 놔두고 있던 미야기의 지우개를 필통에 담았다.

◇◇◇

선생님의 말이 길었다.

일부러 오래 하나 싶을 정도로 길다.

종소리는 이미 울렸다.

나는 교과서와 노트를 닫고 필통에서 지우개를 꺼냈다. 교단에 계속 서 있는 선생님을 향해 속으로 빨리 나가라고 외치며 발끝으로 바닥을 찼다.

빨리, 빨리, 얼른.

구멍이 날 정도로 선생님을 바라보고 있으려니 숙제가 어쩌니저쩌니 말하면서 프린트를 나눠주고 느릿느릿 교실에서 나갔다. 나는 빠르게 책상 위를 치우고 비스듬히 앞자리에 앉아 있는 우미나에게 말을 걸었다.

"미안, 먼저 먹고 있어. 잠깐 들를 데가 있어."

점심시간은 쉬는 시간치고는 길지만 앞으로 할 일을 생각하면 짧았다. 한가롭게 있을 틈은 없었다.

"상관은 없는데, 어디 가?"

"옆 반에 볼일."

그 말만을 남기고 옆 반으로 향했다.

손안에는 지우개가 하나.

옆 반에는 그 주인이 있었다.

2반은 복도를 걸어가면 곧장 나온다. 입구에 있는 여자

아이에게 상냥하게 웃어 보이며 미야기를 불러달라고 했다. 「미야기~」라는 목소리 뒤에 「왜?」라는 익숙한 목소리가 들려왔다.

목소리의 출처는 창가 한가운데 정도.

친구와 함께 있던 미야기는 놀란 얼굴을 하고 있었다. 그런 그녀에게 확인 사살이라도 하듯 호출을 부탁한 여자애가 「친구가 왔어」라는 말을 덧붙였다.

미야기는 그 목소리에 불쾌한 표정을 지었다.

하지만 그건 한순간이다.

아무리 그녀라도 학교에서는 화내지 않는 것일까.

그렇게 되면 재미있을 것 같긴 했지만, 미야기는 사교적인 얼굴을 무너뜨릴 생각이 없는 모양이었다. 「친구」라는 대사에 눈이 휘둥그레진 우츠노미야 일행이 그녀에게 말을 걸었고, 애매한 얼굴로 무어라 대답한 뒤 나에게 찾아왔다.

"……여기 학교야."

불쾌한 듯, 동시에 곤란하다는 얼굴로 미간을 찌푸린 채 미야기가 말했다.

"알아."

"그럼 말 걸지 마. 그런 룰이잖아."

느릿하게 나오는 목소리에는 불만밖에 느껴지지 않았다. 하지만 주위에 들리면 안 된다는 자각은 남아 있는지, 나에게만 들릴 법한 작은 소리로 말을 걸어왔다.

"이게 주머니에 들어 있길래. 이런 걸 돌려주는 건 분실물을 전해주는 거랑 다름없으니까 학교에서 말을 건다 해도 이상한 일은 아니지."

나는 손 안의 지우개를 미야기에게 보여주었다.

"이런 건—."

"돌려주지 않아도 돼, 줄게. —맞지?"

하려던 대사를 빼앗자 미야기가 입을 다물어 버렸다. 그녀가 이럴 때 하는 대사 정도는 정해져 있다. 그것을 알 수 있을 정도로 나와 미야기는 함께 있었다.

"내가 가져도 그만이지만, 그 전에 할 얘기가 있어."

나는 지우개를 스커트 주머니에 넣은 뒤 미야기의 팔을 잡았다.

"어? 잠깐—."

"여기서는 눈에 띄니까 따라와."

이미 눈에 띄었다는 생각은 들었다. 하지만 이대로 교실 입구에 서서 이야기를 이어가는 것보다는 나았다.

나는 미야기를 끌고 가듯이 걸어갔다.

점심시간의 복도는 나름대로 사람이 많았기에 미야기의 손을 잡아끌고 걷다보니 아까보다 더 눈에 띄었다. 미야기도 그것을 깨닫고는 곧바로 내 손을 뿌리치고 스스로 걷기 시작했다. 도망치면 쫓아올 것이라고 생각했는지 아무런 불평 없이 묵묵히 따라온다.

구 교사의 끄트머리, 나는 드물게 순순히 따라오는 미야기를 음악준비실에 밀어 넣었다. 그리고 안쪽까지 그녀를 데리고 갔다.

"왜 이런 곳까지 데리고 온 거야? 나 점심 먹고 있었는데."

쉬는 시간에 학생이 거의 찾아올 일 없는 장소에 온 미야기는 불쾌함을 숨기지 않았다. 여러 번 들어본 낮은 목소리에 그녀가 화가 났다는 것을 알 수 있었다.

"이렇게라도 하지 않으면 이야기할 수 없고, 도망갈 테니까."

악기가 놓인 선반에 등을 맡기고 미야기의 팔을 다시 잡았다. 사교성 따위는 어딘가에 버리고 온 듯한 얼굴의 미야기는 저항하지 않았다. 얌전히 팔을 잡힌 채 내 앞에 서 있다.

"학교에서는 말 걸지 않기로 약속했잖아."

"학교에서 말 걸지 말고 연락은 스마트폰으로 하라고 했던 건 미야기잖아. 나도 그렇게 하겠다고는 말 안 했어."

이것은 궤변이다.

작년에 나도 그렇게 하겠다는 의미로 미야기의 제안을 받아들였고, 그것이 두 사람의 룰이 되었다. 그러니 미야기의 말이 옳다. 하지만 물러설 수는 없었다.

나에게는 어떻게든 미야기에게 묻고 싶은 말과 하고 싶

은 말이 있었다.

"……그렇다 해도 이런 곳에서 대화할 필요는 없어."

미야기는 이치에 맞지 않는 나의 말을 받아들이는가 싶더니, 곧 원망이 담긴 시선을 향해왔다.

"미야기에게 없어도 나한테는 있어."

"그럼 다음에 우리 집에 왔을 때 얘기하면 되잖아."

"미야기는 이럴 때 나를 부르지도 않고, 어차피 그대로 끝낼 생각이었잖아."

"부를 거야."

"언제? 어제 내가 미야기 집에 갔을 땐 인터폰도 전화도 무시했으면서?"

"……어쩌다보니 인터폰도 전화도 못 받은 것뿐이야. ……조만간 부를 생각이었어."

미야기는 부를 마음이 조금도 느껴지지 않는 목소리로 말했다.

역시, 여기서 들어야 한다.

지금, 손을 떼면 미야기와는 여기서 끝이다.

나는 그녀의 팔을 잡은 손에 힘을 주었다.

"물어볼 게 있으니까 대답해줘."

좋다는 말도 싫다는 말도 들리지 않았지만, 말을 이어갔다.

"왜 나를 쫓아냈어?"

빈말로도 깨끗하다고 할 수 없는 낡고 허름한 준비실에

내 목소리만이 울려 퍼졌다. 미야기는 말을 하지 않았고, 움직이지도 않았다. 세월이 느껴지는 음악준비실에는 악기 케이스가 늘어서 있었지만, 그것은 그저 늘어서 있을 뿐 우리 사이에 흐르는 정체된 공기를 바꿔줄 계기는 되지 못했다.

"대답해."

팔을 잡아당기자 대답할 생각이 없다는 뜻을 내비친 미야기가 한 발짝 멀어졌다.

"명령하지 마."

"할 거야, 명령. 여기는 미야기의 집이 아니니까."

미야기가 명령해도 되는 것은 그녀의 집 안뿐이다.

오천 엔을 내고 나에게 명령할 권리를 산다.

그 룰은 학교에서는 적용되지 않는다.

"볼일이 끝났으니까 돌아가 달라고 한 것뿐이야. 쫓아내지 않았어."

미야기가 체념한 듯이 그렇게 말하며 「이제 됐지?」 하고 내 손을 뿌리치려고 했지만, 놔줄 마음은 없었다.

"그걸로 볼일이 끝났다고?"

"내가 눈을 감으라고 명령했고 센다이가 눈을 감았어. 그걸로 명령은 끝. 달리 더 할 일은 없었어."

"명령, 정말 거기서 끝내려고 했어?"

"거기서 끝이라고 했잖아."

"그 뒤에 뭔가 더 하려고 했잖아. 그건 괜찮아?"

나는 원래부터 성실한 사람은 아니지만, 미야기와 있으면 그것이 더 두드러지는 것 같은 기분이었다. 지금도 그렇다. 뭔가 하도록 유도한 것은 나인데, 미야기에게 답을 끌어내려 하고 있었다.

하지만 그렇게 일이 잘 풀리지는 않았다.

"센다이의 기분 탓이겠지."

미야기는 대답하는 것을 포기하고 내 손을 뿌리쳤다. 등을 돌리고 준비실에서 나가려고 하는 모습에 가슴속이 울렁거렸다.

"맞아. 미야기, 시험공부 하고 있어?"

생각난 듯 말을 걸자 미야기가 돌아서서 의아한 표정을 지었다.

"갑자기 왜?"

"나는 못 했어. 미야기 때문에 진도가 나가질 않아. 책임져."

"무슨 뜻인지 모르겠어."

"지금 스마트폰 있어?"

"대답할 필요가 있는 거야? 그거."

"갖고 있는지 안 갖고 있는지 물었어."

"……교실에 두고 왔어."

"날 오늘 불러."

내가 먼저 메시지를 보내지는 않을 것이다.

보내는 것은 미야기의 몫이었고, 그것은 오늘이다.

그녀의 어리광을 받아줄 정도로 지금의 나는 기분이 좋지 않았다.

"싫다고 하면?"

발끈한 얼굴로 미야기가 말했다.

그녀가 당장이라도 교실로 돌아갈 것처럼 보여서 기분이 점점 더 가라앉았다.

"싫어도 불러, 반드시. 아, 그리고 지우개 돌려줄게."

나는 미야기에게 다가가 그녀의 눈을 보았다. 그리고 손목을 잡아 억지로 지우개를 쥐어주었다.

"필요 없어. 줄게."

"그럼 미야기 집에서 받을게."

지우개를 받지 않고, 미야기를 내버려둔 채 음악 준비실을 나갔다. 교실로 돌아오니 점심 먹을 시간이 없을 것 같아 나는 바로 다음 수업을 준비했다.

텅 빈 위를 달래기 위해 입안에 사탕을 넣었다.

선생님의 긴 이야기를 듣고 수업을 마치자, 스마트폰에는 미야기에게서 메시지가 와 있었다.

◇◇◇

서둘러 온 것은 아니다.

그래도 평소보다 일찍 도착했다.

심호흡을 한 번 하고 현관문을 열자 미야기가 기다리고 있었고, 문을 닫기도 전에 오천 엔을 건네주려 했다.

"필요 없어. 내가 부르라고 한 거니까."

평소 같으면 받았을 것이다.

그런 룰이고, 그렇게 하는 것이 당연한 것이 되어 있었다. 하지만 오늘은 오천 엔짜리 지폐를 밀어내고 신발을 벗었다. 그대로 미야기의 방으로 향하려 했지만 방의 주인이 앞에 떡 버티고 있어 앞으로 나아갈 수 없었다.

"센다이가 말해서 부른 게 아니라 내가 부르고 싶어서 부른 거니까 낼게."

집에 돌아온 뒤에도 미야기의 기분은 여전히 언짢은지, 마음에 들지 않는다는 얼굴로 그렇게 말한다.

"뭔가 명령할 거라도 있어?"

"……있어."

미야기가 그렇게 말하고는 다시 한번 오천 엔짜리 지폐를 내밀었다.

아무리 봐도 노 플랜이다.

명령하고 싶은 것이 있는 목소리도 얼굴도 아니었지만,

이러쿵저러쿵 실랑이를 벌이다 또 쫓겨나도 곤란했다.

"알았어."

오천 엔을 받고 지갑에 넣자 복도를 막아서고 있던 미야기가 「차 가져올게」라고 말하고는 주방으로 향했다. 나는 그런 그녀를 기다리지 않고 방으로 들어가 가방을 내려놓았다. 그리고 넥타이를 풀고, 블라우스의 두 번째 단추까지 푼 뒤에 침대를 등받이 삼아 바닥에 주저앉았다.

미야기의 집에는 몇 번이나 왔었지만 오늘은 마음이 심란했다. 만화책을 볼 기분도 아니었고, 침대에 누워서 기다리는 것도 좀 아닌 것 같았다.

계획이 없는 것은 나도 마찬가지다.

이 방에서 있었던 일도, 우리의 관계도, 모두 지우개로 지우고 백지로 되돌리려는 미야기에게 납득하지 못해 화를 냈지만, 입에 무슨 말을 담아야 할지 찾지 못하고 있었다. 미야기와 대화를 나누게 된지 1년도 채 되지 않았지만, 오늘이 가장 무슨 이야기를 해야 할지 알 수 없는 날이었다.

하아, 하고 가늘고 긴 한숨을 내쉬는데, 쟁반 위에 잔 두 개에 더해 평소에는 쓰지 않았던 작은 접시를 얹은 미야기가 방에 들어왔다.

"이거라도 먹든가."

쌀쌀맞게 그렇게 말하고는 작은 접시를 테이블 위에 내

려둔다.

"카스텔라?"

별일이다.

카스텔라 자체를 오랜만에 봐서 그렇기도 했지만, 이 방에서 먹을 것이 나오는 경우가 드물었다. 이곳에서 미야기가 내놓는 것이라고 해봐야 사이다와 보리차가 고작이었다.

"오늘 센다이 점심 안 먹었잖아. 자업자득이긴 하지만."

"흐음, 오늘은 상냥하네."

"그냥 남은 거야. 버리면 아까우니까. ……안 먹을 거면 치울게."

그렇게 말한 미야기는 카스텔라를 입에 대지도 않고 침대에 걸터앉았다.

"먹을 거야. 잘 먹겠습니다."

포크로 먹는 것인지는 잘 모르겠지만 카스텔라 옆에는 은색 포크가 함께 놓여 있었다. 나는 그것을 사용해서 고급스러운 계란빛으로 구워진 과자를 입에 넣었다. 한입 먹자 푹신푹신하고 달콤했다. 바닥에 남은 설탕도 아작아작하니 맛있어서 한입을 더 먹었다.

한 조각을 모두 위장에 털어 넣은 뒤 보리차를 마셨다.

사실 미야기가 말하는 것처럼 점심을 제대로 먹지 못했다. 방과 후에도 우미나의 권유를 거절하고 아무데도 들르지 않고 곧장 이곳으로 와서 밥을 대신할 만한 것은 아무것도 먹지 않았다. 하지만 그것은 미야기도 마찬가지일 것이다.

"안 먹어?"

"이미 먹었어."

미야기가 사실인지 아닌지 알 수 없는 말을 하며 무료한 듯 다리를 흔들었다. 그것은 할 일이 없어 한가해 보이는 것도 같고, 안절부절못하는 것처럼 보이기도 했다. 나는 예의 없다는 것을 알면서도 조금 떨어진 곳에 있는 그녀의 다리를 포크로 가볍게 찔렀다.

"아야."

흔들리던 다리가 멈추고, 원망이 담긴 시선이 쏠렸다.

"핥아줄까?"

"핥지 않아도 돼. 뭘 명령할지는 내가 결정해."

나를 경계하는 미야기가 다리를 침대 위로 올린 채 무릎을 끌어안았다.

"센다이, 이제 학교에서 말 걸지 마."

"그건 명령이야?"

미야기는 대답하지 않았다.

입을 다문 채 나에게서 시선을 뗀다.

나는 미야기에게 다가가서 스커트 끝을 집었다. 하지만 빠르게 손을 내친 그녀가 조금 낮은 목소리로 말했다.

"오늘 센다이 때문에 고생했어."

명령인지 아닌지에 대한 대답은 없이, 미야기가 이야기를 이어갔다.

"센다이가 교실에 온 것 때문에 마이카가 이것저것 물어봤잖아. 돌아간 뒤에도 무슨 일이 있었는지 눈을 빛내면서 물어 와서 고생했어."

"뭐라고 대답했어?"

"센다이가 돈을 빌려달라고 했다고 말했어."

"……진짜?"

"거짓말. 선생님이 교무실에서 부른다고 알려줘서 그대로 교무실에 다녀왔다고 말해놨어. ……의심은 받았지만."

뭐, 그렇겠지.

지금까지 아무런 접점이 없었던 인간이 찾아와 다짜고짜 어디론가 데려갔으니 관심을 갖지 않는 것이 더 이상하다.

"귀찮으니까 이제 그렇게 불러내지 마."

그렇게 말하고 미야기가 침대에서 내려와 조금 떨어진 곳에 앉았다.

"어쩐지 멀지 않아?"

"센다이가 이상한 짓을 하니까."

"안 해. 늘 이상한 짓을 하는 쪽은 미야기였잖아."

불명예스러운 단어를 바로잡았다.

이상한 짓은 명령이 없으면 일어나지 않는 일이다. 미야기가 이상한 말을 꺼내지 않으면 그만인데, 그것을 내 탓으로 돌리는 것은 잘못됐다. 하지만 그녀는 그렇게 생각하지 않는 모양이었다.

"센다이에게 듣고 싶지 않아. 아까도 스커트를 넘기려고 했잖아."

"당긴 것뿐이잖아. 미야기는 늘 부정밖에 안 하지?"

"센다이가 부정하고 싶어지는 말만 하니까 그렇지. 애초에 오늘도 그래. 센다이, 평소랑 달라. 말이 너무 많아."

확실히 평소보다 말이 많았다.

마음 편한 방에 있을 텐데, 어째서인지 오늘은 편하지 않은 마음을 얼버무리기라도 하듯 계속 입을 움직이고 있었다. 이 방에 적응하지 못하던 처음 때처럼, 침묵이 이어지지 않도록 계속 말을 하고 싶은 기분이었다.

하지만 그것은 나뿐만이 아니다.

"그건 이쪽이 할 말이야. 미야기야말로 오늘은 말을 많이 하네."

물어보지도 않았는데 미야기가 학교에서 있었던 일을 보고하다니, 거의 없는 일이다. 애초에 평소였다면 과자를 내오는 일도 없었을 것이고, 나를 배려하는 듯한 행동도 하지 않았을 것이다.

오늘은 평소와 다르다.

그 말이 딱 맞았다.

"그렇게 많이 말하진 않았어."

발끈하며 그렇게 말한 미야기가 가방을 가져왔다. 그리고 안에서 뭔가를 꺼냈다.

“이거 가지러 온 거지? 학교에서도 말했지만 줄게.”

신경질적인 목소리로 미야기가 말했다.

다급히 내민 손을 보니 학교에서 돌려줬던 지우개가 있었다.

그녀는 뭐가 됐든 다 「줄게」라고 말했다. 서점에서의 오천 엔도, 사이다에 젖은 교복 대신 준 옷도, 학교에서 돌려준 지우개도, 집착 따윈 아무 데도 없는 사람처럼 쉽게 남에게 내주었다. 돌려주고 싶다는 내 마음과는 상관없이. 미야기가 그런 인간이라는 것은 알고 있었지만, 알고 있어도 받아들일 수 없는 것도 있다.

나는 지우개 말고 손목을 잡았다.

미야기가 놀란 얼굴을 했지만, 그대로 입술로 지우개를 든 그 손가락을 건드리고, 핥았다. 약간 서늘한 손가락은 피 맛도, 감자칩 맛도 나지 않았다. 혀로 세게 누르자 지우개가 바닥에 떨어졌다. 미야기가 손을 움직여 내 뺨을 쓰다듬었더니 금세 떨어뜨린다.

“그런 거, 그만해.”

손목을 잡고 있던 손을 뿌리치며 내 이마를 눌러온다.

“미야기가 계속 명령을 안 하니까.”

“돌아가라고 명령하면 돌아갈 거야?”

"그게 명령이라면."

룰은 절대적이고, 나는 그것을 지킬 것이다.

하지만 미야기는 그런 명령은 하지 않았다.

정말 나를 돌려보내고 싶었다면 만약의 이야기는 꺼내지도 않고 저번처럼 쫓아냈을 것이다.

"……센다이는 교활해."

미야기가 입 안에서 웅얼거렸다.

"교활하다는 생각이 들면 정말 해줬으면 하는 걸 말하면 되잖아."

"해줬으면 하는 일 같은 거 없어."

"아무것도 할 일이 없다면 오천 엔 돌려줄게."

"필요 없어."

"그럼 명령해. 그런 약속이니까."

우리는 닮지 않은 것 같으면서 닮았다.

스쿨 카스트라는 말은 좋아하지 않지만, 그런 것으로 구분한다면 나는 위쪽에 위치했다. 좀 더 자세히 보면 그중에서도 아래에 가깝지 않을까 싶었다. 미야기는 최하로는 보이지 않았지만 위도 아니다.

위에서 떨어지지 않도록 서 있는 나도, 아래에 떨어지지 않는 위치에서 머물고 있는 미야기도 어중간하다는 점에서는 똑같다.

그리고 우리는 서로에게 맞는 상대를 원했다.

나는 집이 아닌 곳에서 안정을 느낄 수 있는 곳을 미야기를 통해 얻었고, 미야기는 무슨 말이든 다 듣는 나를 손에 넣었다.

서로 그런 상대에게 흥미를 가져도 이상하지 않다.

나는 내 손을 꼭 붙잡았다.

이것은 별로 솔직하지 않은 사고방식이었다.

이미 답은 나와 있다. 이러쿵저러쿵 그럴싸한 논리를 들먹였지만, 쉽게 말하면 미야기와 키스를 하고 싶고 하면 어떻게 될지 확인하고 싶었다.

—지금 여기서.

"뭐라고 명령해야 할지 알잖아."

아주 조금 미야기에게 가까워졌다.

움직인 만큼 거리가 좁혀졌고, 떨어지지 않았다. 시선은 맞춰주지 않았지만 미야기는 나에게서 도망치지 않았다.

"……센다이가 먼저 해."

나를 쳐다보지 않고, 지난번과는 다른 말을 했다.

"뭐를?"

"……키스."

이제 어떻게 할 것인가.

그 결정권이 넘어왔다. 하지만 거부권이 없는 나의 대답은 하나밖에 없었다.

미야기에게 몸을 가까이하고, 그녀의 머리를 쓸었다.

어깨보다 조금 긴 머리는 검고 부드러웠다.

볼에 손을 대고 천천히 얼굴을 가까이했다. 사람의 말을 듣지 않는 길고양이 같은 미야기가 얌전하게 앉아 있다. 맞물리지 않았던 시선이 교차하고, 계속 이어졌다. 그것은 미야기가 계속 눈을 뜨고 있다는 것을 의미했다.

"눈 감아."

"센다이, 시끄러워. 원할 때 감을 거니까 조용히 해."

연인도 아닌 우리에게 분위기 따위는 필요 없다고 하면 그만이지만, 분위기가 없어도 너무 없다. 앞으로 키스를 할 인간으로는 도저히 보이지 않았다. 다만 그조차 미야기답다면 미야기다웠다.

어쩔 수 없이 눈을 감는 타이밍은 미야기에게 맡기고 얼굴을 가져갔다. 하기 힘들지 않을까 생각하면서도 상당한 거리까지 가까워지자, 내 눈에서 도망치듯 미야기가 눈을 감았다.

그런 부분은 귀여웠다.

좀 더 보고 싶었지만, 나도 눈을 감았다.

그리고 미야기의 입술에 닿았다.

심장 소리는 그리 빠르지 않았다.

긴장은 된다.

입술에서 전해지는 감촉이 유난히 선명했다.

부드럽고, 따뜻하다.

숨을 멈추고 있는지 내쉬고 있는지는 잘 모르겠지만, 미야기라는 인간이 무척 가깝게 느껴졌다.

입술을 떼어냈다.

달콤하다거나, 새콤하다거나, 카스텔라 맛이라거나.

아무 맛도 나지 않았다.

애초에 처음부터 맛이 날 정도의 키스를 하면 큰일이다.

나는 미야기를 보았다. 하지만 눈을 맞춰주진 않았다.

다시 한번 해보고 싶었다.

미야기라는 인간을, 아까보다 더 느끼고 싶었다.

어깨를 잡고 다시 한번 얼굴을 갖다 대자, 뒤로 밀렸다.

"또 할 생각이야?"

언짢음이 담긴 소리가 들렸다.

"미야기가 하라고 했잖아."

"두 번이나 하라는 말은 안 했어."

"미야기는 쪼잔해."

그런 불평을 하며 미야기의 목덜미에 손을 갖다 댔다.

전해지는 체온이 평소보다 높았다.

"다시 한번 명령해."

내 말에 미야기가 대놓고 불쾌하다는 표정을 지었지만, 잠시 시간을 두었다가 조용히 입을 열었다.

"……한 번 더 해줘."

들려온 목소리에 몸을 가까이하자, 떨어졌던 거리는 쉽

게 좁혀졌다. 이내 우리 사이에 있던 공간이 사라지고, 두 번째 키스를 했다.

첫 번째 때는 눈치채지 못했지만, 기분이 좋은 것 같았다.

부드러운 입술이, 전해지는 미야기라는 존재가, 살짝 맞닿아 있을 뿐인데도 기분이 좋았다. 몸이 미야기 쪽으로 기울었다. 맞닿은 부분에서 열이 흘러들어왔다. 스위치가 켜진 것처럼 몸이 움직여 입술에 혀를 가져갔다.

아까보다 더 뜨거워진 기분이다.

나도 미야기도.

손가락으로 만졌을 때보다 더 체온이 섞이면서 서로의 경계가 모호해졌다.

미야기의 입술이 살짝 벌어지며 입김이 새어 나왔다. 갈라진 목소리가 섞이듯 들려와 귓속이 오싹했다. 미야기의 손이 내 조끼를 쥐었다.

더, 좀 더.

미야기에게 닿고 싶었다.

나는 조금 벌린 입술을 혀끝으로 열고 그 안으로 들어가려 했지만, 거절당했다. 항의하듯 입술을 깨물자 있는 힘껏 몸을 눌러온다.

"거기까지 해도 좋다고는 안 했어."

"키스는 키스잖아."

"어쨌든, 이제 안 해도 돼."

미야기가 잘라 말하고는 나에게서 조금 멀어졌다. 그리고 시선을 마주치지 않고 「어쩔 거야, 이제부터?」라고 말하고는 악어 커버가 달린 티슈 상자를 던졌다. 나는 티슈가 자라난 악어를 잡아 바닥에 내려두었다.

“어쩔 거냐니?”

“이런 거, 어색하잖아.”

뭐, 확실히 그렇다.

미야기는 연인도 아니고, 그녀의 말을 빌리자면 친구도 아니다. 그런 상대와 키스를 했으니 어색하지 않을 수가 없겠지.

하지만, 아무것도 변하지 않을 것이다.

키스 정도로 미야기의 태도가 바뀔 것 같지는 않았다.

어차피 앞으로도 툴툴거리며 가시가 몇 개씩 돋아난 말로 불평을 해올 것이고, 상냥해지지도 않을 것이다. 갑자기 친근하게 말을 걸어온다면 오히려 그게 더 기분 나쁠 것 같다. 어쩌면 무언가가 바뀔지도 모르지만, 바뀌기 전까지는 알 수 없었기에 변하는 대로 놔둘 수밖에 없었다.

“센다이는 머리는 좋지만, 바보네.”

미야기가 한숨 섞인 목소리로 말했다.

“바보라는 건 인정하지만 머리는 안 좋아.”

머리가 좋았으면 부모님의 기대에 부응할 수 있었겠지.

다른 고등학교에 갔을 것이고, 미야기와도 만나지 않았

을 것이다.

"어색한 건 처음뿐이야."

나는 무책임하게 말하고는 침대에 누웠다.

미야기는 지금 이대로도 좋고, 지금까지와 같이 있어준다면 그것으로 충분하다.

"앞으로도 나를 불러."

"말 안 해도 부를 거고, 명령하지 마."

미야기가 뚱한 얼굴로 일어나 만화책을 가져왔다. 그리고 사이다에 입을 가져갔다.

그녀와 키스를 하면서 알게 된 것은, 집에 들이닥치고, 학교에서 불러내고, 명령하게 할 정도로 내가 미야기를 마음에 들어 하고 있다는 점이다.

스스로도 의외일 정도로 마음에 들었다.

본인에게 말할 생각은 없지만.

■ 작가 후기

「일주일에 한 번 클래스메이트를 사는 이야기」를 읽어주셔서 감사합니다.

이 작품은 웹 연재소설에 가필 수정, 새로 쓴 이야기를 더해 서적화한 것입니다.

첫 서적화. 첫 후기. ……그래서 후기를 쓰고 있는 지금도 정말 책이 되는 건가? 하는 마음으로 가득합니다. 반신반의한 채로 살고 있으니 실물을 볼 때까지 죽을 수는 없어 「생명을 소중히」 작전으로 매일을 보내고 있습니다. 게다가 후기에 뭘 써야 할지 몰라 떨고 있습니다. 그러나 떨고 있어봤자 앞으로 나아가지 않을 테니 이 작품이 태어난 순간부터 후기에 이르게 된 이야기를 해볼까 합니다.

이 작품의 주인공인 미야기와 센다이가 탄생한 것은 2020년. 탄생하게 된 계기는 컴퓨터에 기록해두었던 「일주일에 한 번 클래스메이트를 사는 이야기」라는 한 문장입니다. 최종적으로 타이틀이 된 이 한 문장에 「안 좋은 일이 있을 때마다 반 친구를 오천 엔에 산다」와 「스쿨 카스트 위와 아래」라는 설정을 더해 제 자신이 읽고 싶은 이야기로 발전시켜 지금의 형태가 되었습니다.

하지만 개성적인 주인공 두 명과 개성적인 이야기 설정. 재미있다고 느끼실까 불안해서 2화(웹상에서는 6화)로 끝나는 단편으로서 웹에 게재했는데, 생각했던 것 이상으로 많은 분들이 읽어주셨습니다. 그래서 조금 더 분발해서 이야기를 연재했고, 제7회 카쿠요무 Web 소설 콘테스트의 러브코미디(라이트 노벨) 부문 특별상을 수상해 U35 선생님에 의한 멋진 일러스트와 함께 서적화가 실현되었습니다.

웹에 첫 화를 게재한 것이 2020년 2월이라 개고 작업 때는 2년도 더 전의 자신과 마주해야 했지만, 힘들기보단 즐겁게 진행할 수 있었던 것 같습니다.

그리고 막간과 번외편은 서적화와 비슷한 시기에 적은 내용입니다. 번외편은 제2화「미야기는 오늘도 나에게 오천 엔을 준다」의 미야기 시점입니다. 쓰고 싶은 마음은 있었는데 쓸 기회가 없었던 이야기가 드디어 빛을 보게 되었습니다! 막간에 관해서는, 담당 편집자님과 수정 미팅에서 번외편으로는 미야기의 이야기를 적었으니 센다이의 이야기도 새롭게 쓰고 싶다는 이야기를 했었는데,「막간으로 미야기와 만나기 전의 센다이의 이야기를 넣으면 어떤가」하는 제안을 해주셔서 생겨난 것입니다. 저 자신은 두 사람이 만나기 전의 이야기를 쓸 생각을 해 본 적이 없었기에 담당 편집자님의 제안은 정말로 좋았습니다.

그렇게 과거를 회상하다 보니 적당한 느낌으로 페이지를 채운 것 같습니다.

마지막으로 미야기와 센다이의 이야기를 여기까지 읽어주신 여러분, 웹에서 응원해주신 여러분, 정말 감사합니다. 쓰고 싶은 미야기와 센다이의 이야기가 많으니 2권 후기에서 다시 뵐 수 있기를 바랍니다.

그리고, 최고의 일러스트를 그려주신 U35 선생님. 몰랐던 것을 많이 알려주신 담당 편집자님. 다양한 형태로 본 작품에 참여해주신 여러분. 정말 감사합니다. 깊은 감사를 드립니다.

또, 언제나 상담해주는 친구 N에게 감사를. 귀찮은 작업을 도와줘서 고마워.

그럼, 번외편도 즐겁게 감상해주세요.

하네다 우사

번외편
센다이는 분명 내 이름을 모를 것이다

7월에 접어들었지만 햇빛은 강하지 않았다.

나는 걸음을 멈추고 하늘을 올려다보았다. 아침에 집을 나설 때는 거의 없었던 구름이 하늘을 뒤덮고 있어 비가 올 것 같기도 하고, 오지 않을 것 같기도 했다. 장마가 지나고 여름이 되었을 텐데 방과 후 하늘은 아직 여름을 인정하지 않으려는 것 같다.

괜히 어중간한 하늘 때문에 어딘가에 들를까 말까 고민이 됐다.

일찍 들어가도 집에는 아무도 없다.

텅 빈 집에서 시간을 혼자 때우고 아무도 없는 주방에서 저녁을 혼자 먹는다.

그것만을 위해 빨리 집에 돌아가도 소용없으니 어딘가에 들렀다 가고 싶었지만, 시간을 때우는 사이에 비가 오면 귀찮아진다. 우산이 없으니 젖은 채로 돌아갈 것이고, 젖은 교복을 말리는 것도 귀찮았다. 교복이 마르지 않는다는 이유로 내일 학교를 쉰다고 해도 탓할 사람은 없겠지만, 혼자 집에 있어봐야 재미없었다.

—내린다, 안 내린다, 내린다.

느릿느릿 걸어 서점 앞에서 다시 하늘을 바라보았다.

구름이 늘어난 것처럼 보이기도 하고, 늘지 않은 것처럼 보이기도 했다. 조금 전의 푸르던 하늘로 돌아갔으면 좋겠지만, 그렇게 되지는 않았다.

저번에 마이카와 서점에 다녀온 직후라 갖고 싶은 책은 없었다. 하지만 고등학교에 들어간 뒤로 찾게 된 이 서점은 구색을 잘 갖추고 있어 원하는 책이 있든 없든 시간을 때우기에 좋았다.

나는 비가 오지 않는다는 쪽에 내기를 걸고 서점에 들어가 만화가 놓여 있는 코너로 향했다. 관심이 가는 제목을 발견하고 들까 말까 망설였다. 산다면 비가 올 것 같은 오늘이 아니라 좀 더 날씨가 좋은 날 사고 싶었다. 소설책 선반을 둘러본 뒤 잡지가 있는 곳으로 갔다. 평평하게 쌓여 있는 잡지의 표지를 눈에 담았지만 재미있어 보이는 것은 발견하지 못하고, 별 이유 없이 왼쪽을 바라보았다.

"앗."

나도 모르게 목소리가 나왔다.

이 서점에서 가끔 보는 얼굴.

같은 학교에, 같은 반.

단순한 반 친구일 뿐 그 이상도 그 이하도 아닌 센다이를 발견하고, 운이 없다는 생각이 들었다.

그녀가 보고 있는 반짝반짝한 잡지에 관심은 없었지만, 표지를 보고 있는 것만으로 시간은 때울 수 있었기에 좀 더 여기에 있고 싶었다. 하지만 같은 교복을 입고 있는 그녀와 같은 구역에 있으려니 불안했다. 센다이는 나와는 먼 존재였고, 저쪽에서 먼저 다가와도 반응하기 어려웠다. 그러니 그녀의 얼굴을 본 이상 그 자리를 떠날 수밖에 없었다.

나는 하아, 하고 작게 한숨을 쉬었다.

어차피 센다이는 나를 눈치채지 못할 것이다.

지금까지 한 번도 알아차린 적이 없으니, 오늘만 우연히 알아차릴 일은 없을 것이다. 애초에 센다이가 내 이름을 기억하고 있는지조차 알 수 없었고, 어쩌면 얼굴도 기억하지 못할지도 모른다.

그만큼 나와 그녀는 사는 세계가 다르다.

나와 그녀 사이에는 보이지 않는 선이 그어져 있다.

학교에 가면 그것을 확실히 느낄 수 있었다.

반 친구들은 색이 나뉘어져 있고, 같은 색끼리 모여 있다. 거기에 경계선이라도 있는 것처럼 반은 분단되어 다른 색끼리는 섞이지 않는다. 당연히 나의 색과 센다이의 색은 다르다. 실제로는 오갈 수 있으니 평소에는 그렇게 신경이 쓰이지 않지만, 있어야 할 구획이 아닌 곳에 가면 공기가 달라 불편했다.

센다이는, 그러한 공기를 느낄 필요가 없는 사람이었다.

경계선을 훌쩍 넘어 교실에서 자신이 원하는 곳으로 갈 수 있었다.

그녀와는 서로 이해할 수 없을 거라는 생각이 들었다.

나는 잡지 구역을 벗어나기 전에 센다이를 몰래 쳐다보았다.

그녀는 묘하게 심각한 얼굴을 하고 밝은 색의 표지를 한 잡지를 물끄러미 응시하고 있었다. 그러고 보니 얼마 전에 봤을 때도 심각한 얼굴로 잡지를 보고 있었지. 학교에서는 항상 밝고 즐거워 보였는데, 이미지가 다르다.

그럼에도 눈길을 끄는 사람이라는 점에서는 변함이 없었다.

학교에 있을 때도, 이바라키만큼은 아니지만 눈에 띄었다.

옅은 메이크업을 하고 있어서 더 예뻐 보이는 것일 수도 있지만.

나는 센다이에게 등을 돌리고 잡지 구역에서 벗어났다. 다시 만화 선반 앞으로 돌아가서 살까 말까 고민하던 책을 집었다가, 선반에 집어넣고 소설을 보러 갔다. 빙글빙글 서점 안을 돌아다니다가 잡지 구역으로 돌아갔다. 센다이는 더는 없다. 스토커처럼 그녀를 따라다니고 싶은 것은 아니었기에 집으로 돌아가기로 마음먹고 출구로 향했다.

계산대 앞, 가방 안을 뒤지는 센다이를 발견하고 걸음을 멈췄다.

뭐 하는 거지?

학교에서는 볼 일 없는 허둥대는 그녀의 모습에 흥미가 갔다.

다가가서는 안 된다고 생각하면서도 신경이 쓰여 가까이 가자 어라? 혹은 아~, 하며 난처해하는 목소리가 들려왔다. 계산대를 보니 책값이 표시되어 있지만 계산을 위한 돈은 없다. 아무래도 지갑을 잊어버린 모양이었다.

허둥대는 그녀의 모습에 친근감이 느껴졌다.

지갑 안에는 나에게는 너무 많은 용돈 일부가 들어 있다. 여기서 센다이에게 건넨다고 해서 곤란해질 일은 없다. 하지만 학교에서는 새침한 그녀가 계속 허둥대다가 결국 아무것도 사지 않고 서점에서 떠나는 모습을 보는 것도 재미있을 것 같았다.

"이 책—."

센다이의 목소리가 들려왔다.

반사적으로 내 입과 몸이 움직였다.

"계산할게요."

놀란 듯「어?」라고 하는 센다이의 목소리를 들으면서, 나는 조금 더 그녀에게 다가가 지갑에서 오천 엔짜리 지폐를 꺼내 트레이 위에 놓았다.

"센다이. 이거 써."

이런 것은 그저 변덕일 뿐, 빚을 지우고 싶은 것은 아니다. 뭔가 대가를 바라는 것도 아니다.

이유 없이.

별 의미 없이 오천 엔을 내놓았다. 어쩌면 평소에 볼 일이 없는, 곤란하고 초조해하는 그녀의 모습과 나 자신이 겹쳐보였을 수도 있고, 내가 오천 엔을 냈을 때 그녀가 어떻게 반응하는지 보고 싶었을 수도 있다. 나도 잘은 모르겠지만, 지갑 안에 오천 엔짜리 지폐가 있었던 탓에 평소에는 하지 않았을 일을 해버렸다.

아마 분명, 그런 것이라고 생각한다.

"……미야기, 맞지?"

이름, 아는구나.

입에 걸린 말을 꿀꺽 삼켰다. 내 이름을 입에 담을 일은 없을 거라 생각했던 센다이가 놀란 얼굴을 하고 있는 탓에, 나까지 조금 놀라 말하지 않아도 될 말까지 입에 담을 뻔했다.

"그 돈으로 계산해."

"됐어. 미안하게."

"신경 쓰지 마."

깊은 의미가 없는 행위니까 잊어도 그만이다. 계산하니 마니 하는 하찮은 일로 계산대 앞을 오래 차지하고 있으면 눈에 띈다. 누군가가 볼 수도 있고, 학교에서 센다이와 무슨 이야기를 했는지 물으면 귀찮으니 가능한 한 빨리 여기서 떠나고 싶었다. 하지만 센다이는 양보하지 않았다.

"아냐, 돌려줄게."

트레이 위에 놓아둔 오천 엔이 돌아왔다. 하지만 그것을 지갑에 넣을 생각은 없다. 나는 다시 한번 오천 엔을 트레이 위에 올려두었다.

"저, 결제는 이걸로 하면 될까요?"

곤혹스러움만이 느껴지는 목소리가 들려와 내가 「네, 부탁드려요」라고 대답하자 오천 엔이 계산대 안으로 사라졌다. 나는 센다이가 거스름돈을 받고 있는 동안 계산대에서 떠났다. 하지만 곧 그녀가 쫓아왔다.

"미야기, 고마워. 지갑을 깜빡한 것 같은데 덕분에 살았어."

밝은 목소리가 들려왔지만 살았다고 생각한다면 나를 놔줬으면 했다. 학교에서는 나와 센다이는 다른 코너에 있다. 그리고 여기서는 나는 만화 코너에 있어야 할 사람이고 센다이는 반짝반짝한 잡지 코너에 있어야 할 사람이다. 다른 곳에 있어야 하는 사람들이니 좀 더 떨어져 있는 편이 자연스럽다.

"여기 잔돈. 쓴 돈은 내일 학교에서 갚을게."

"갚을 필요 없어. 거스름돈도 줄게."

오천 엔은 필요 없다.

학교에서 센다이와 돈을 교환하는 모습을 마이카가 보기라도 하면 센다이와 무슨 일이 있었는지 추궁당할 것 같았다. 그런 것은 별로 원치 않았다.

나는 센다이에게 등을 돌리고 걷기 시작했다.

"어, 잠깐만. 그럼 곤란해."

"정말로 필요 없으니까. 센다이에게 줄게."

"받을 수 없어. 돌려줄게."

"그럼 버려."

"버린다니, 돈인데?!"

센다이에게 어깨를 붙잡혔다.

버리고 싶지 않다면 가지면 그만인데, 그녀는 둘 다 하고 싶지 않은지 알아서 이야기를 진행시켰다.

"아, 그래. 그럼 거스름돈도 빌리는 걸로 할게. 그리고 내일 한꺼번에 갚을게."

"그런 건 상관없어. 안 갚아도 돼."

나는 어깨를 잡고 있는 손을 뿌리치고 서점 밖으로 나갔다.

"돌려줄게. 거스름돈까지 합쳐서 오천 엔, 학교에서 갚을게."

기어이 그녀가 나를 쫓아온 것일까. 학교에서는 들어 본 적이 없는 조금 가시 돋친 목소리가 뒤에서 들려왔다. 오천 엔을 준다고 하면 순순히 받을 것 같은 사람들과 함께 있는데, 그녀는 그런 타입이 아닌 듯했다.

의외로 집요하다.

그리고 고집이 세다.

나는 어떻게 하면 오천 엔을 그녀에게 떠넘길 수 있을까 걸으면서 생각했다.

센다이가 납득할, 아니, 납득하지 않아도 오천 엔을 받을 수밖에 없는 무언가.

그런 것이 없을까 생각하다 보니 정말이지 시시한 무언가가 머리에 떠올랐다.

"……그럼, 오천 엔 만큼 일해."

센다이를 보지 않고 말했다.

돈은 노동에 대한 대가다.

시시한 제안이기는 했지만 이상한 이야기는 아니다. 아빠도 일해서 돈을 벌고 있다. 내 지갑 안에 있는 것들은 아빠가 쉬는 날도, 집에 있어야 할 시간도, 모든 것을 일하는 데 바친 결과의 일부였다.

"뭐? 일을 하라고?"

"일단 우리 집까지 와."

걸음을 멈추고 센다이를 보았다.

"뭐? 집까지 오라니 무슨 뜻이야? 돈은 내일 갚겠다고 했잖아."

"안 올 거면 줄 테니까 받아."

센다이는 오지 않을 것이고, 오지 않아도 된다.

오천 엔은 센다이에게 준다.

그러면 끝이다.

혼자 집에 돌아가 봤자 아무 재미도 없지만, 나는 그녀에게 등을 돌렸다.

작은 한숨소리가 들려왔다.

센다이는 그대로 그곳에 있으면 된다.

걷기 시작하기 전에 하늘을 보았다. 서점에 들어가기 전보다 구름이 많다. 비가 올 것 같은 날씨가 아니라 지금 당장이라도 내릴 것 같은 회색 구름이 하늘을 뒤덮고 있었다.

빨리 돌아가는 편이 좋겠다. 교복이 젖는 것은 사양이다.

그런 생각을 하고 있는데, 아까보다 무거운 한숨소리가 들려왔다.

"우산, 우리 집에 있어."

센다이가 우산을 들고 있는지는 모르겠지만, 그녀의 우울해하는 한숨 소리에 말하지 않아도 되는 것까지 입에 담았다.

"하아, 어쩔 수 없지. 집이 어디야? 가까워?"

"그렇게 안 멀어. 따라와."

그렇게 말하고 걷기 시작하자 센다이가 정말로 따라왔다.

센다이에게 무엇을 시키고 싶은지는 모르겠다.

센다이가 무슨 생각인지도 모르겠다.

그래도 가끔은 이런 일이 있어도 좋지 않을까.

시키고 싶은 것이 있는 것은 아니지만, 집에 돌아가도 혼자뿐이라 재미없다. 센다이가 있으면 약간의 심심풀이

가 될 것 같았다. 공통의 화제는 없을 테니 말동무가 되지는 않겠지만, 혼자 있는 것보다는 나았다.

그래서 나는 집을 향해 말없이 계속 걸었다.

일주일에 한 번 클래스메이트를 사는 이야기 1

초판 1쇄 발행 2024년 5월 10일

지은이_ Usa Haneda
일러스트_ U35
옮긴이_ 이소정

발행인_ 최원영
본부장_ 장혜경
편집장_ 김승신
편집진행_ 권세라 · 최혁수 · 김경민 · 최정민
편집디자인_ 양우연
국제업무_ 박진해 · 전은지 · 남궁명일
관리 · 영업_ 김민원 · 조은걸

펴낸곳_ (주)디앤씨미디어
등록_ 2002년 4월 25일 제20-260호
주소_ 서울특별시 구로구 디지털로32길 30 코오롱디지털타워빌란트 1305호
전화_ 02-333-2513(대표)
팩시밀리_ 02-333-2514
이메일_ lnovellove@naver.com
L노벨 공식 카페_ http://cafe.naver.com/lnovel11

ISBN 979-11-278-7541-1 04830
ISBN 979-11-278-7540-4 (세트)

값 8,500원